Raimund Eich, Jahrgang 1950, lebt im Saarland.

Neben zwei Tatsachenromanen sowie einigen Büchern mit heiteren und besinnlichen Gedichten und Geschichten hat er einige Werke veröffentlicht, in denen er sich insbesondere mit gesellschaftlichen und geisteswissenschaftlichen Themen befasst. Hierin lässt er auch naturwissenschaftliche und technische Aspekte in sehr anschaulicher Form mit einfließen. Daraus resultieren einzigartige Bücher, spannend, dramatisch, informativ und unterhaltsam zugleich.

*Gewissheit, ob mit dem Tod alles aus ist oder ob es doch irgendwie weitergeht, erhalten wir erst dann, wenn es zu spät ist, um für unser Leben davor die richtigen Konsequenzen daraus zu ziehen.*

*Raimund Eich*

Raimund Eich

# Geschichten vom Tod
## und was danach passiert ist

**Impressum**

Bibliografische Information der Deutschen Nationalbibliothek:
Die Deutsche Nationalbibliothek verzeichnet diese Publikation in der Deutschen Nationalbibliografie; detaillierte bibliografische Daten sind im Internet über http://dnb.dnb.de abrufbar.

© 2019 Raimund Eich

Herstellung und Verlag: BoD – Books on Demand, Norderstedt

ISBN: 978-3-7386-5187-4

# Inhaltsverzeichnis

# VORWORT

*Gevatter Tod schleicht schon ums Haus* oder *Freund Hein kommt pünktlich und hat noch nie jemand vergessen!*, so etwa formulierte es in früheren Zeiten gerne der Volksmund. Der Tod wurde bewusst als eine möglichst freundlich gesinnte Person charakterisiert, die unser irdisches Dasein zwar irgendwann beendet, der man aber damit wenigstens das Beängstigende oder Grausame nehmen wollte.

Heute spricht dagegen niemand mehr gerne vom Tod, vom eigenen wohlgemerkt. Während die Medien keine Gelegenheit auslassen, den Tod in Form von reißerischen Schlagzeilen über mörderische Kriege, blutige Anschläge, gewaltige Naturkatastrophen und spektakuläre Unfälle kommerziell geradezu auszuschlachten, führt er ansonsten eher ein Schattendasein und beschränkt sich auf Todesanzeigen, die man mit zunehmendem Alter immer ausgiebiger studiert, um anhand der Geburts- und Todesdaten klammheimlich sinnlose Vergleichsrechnungen über die eigene Restlaufzeit anzustellen. Man möge mir als Techniker, diese zugegebenermaßen etwas saloppe Formulierung verzeihen.

Gedanken über den eigenen Tod zu verschwenden oder gar mit anderen darüber zu reden ist heutzutage verpönt, selbst dann, wenn Freund Hein schon im Anmarsch ist oder gar vor der Tür steht und der oder die Betroffene auf dem Sterbebett sich gerne in einem offenen Gespräch seine Ängste davor von der Seele reden würde. Stattdessen verharmlosen, vertrösten und beschönigen wir und versuchen allzu oft, mit hohlen Sprüchen sinnlos Lebensmut zu entfachen, den Todgeweihten aufzumuntern oder ihn und uns vom Thema abzulenken. Helfen wir ihm oder uns auch damit? Ich fürchte, nein, wobei ich mich selbst von einem derartigen Fehlverhalten nicht freisprechen kann.

Warum also dieses konsequente Verdrängen von etwas, das uns allen ausnahmslos selbst noch bevorstehen wird? Ganz einfach, wir haben Angst vor dem, was danach kommt, falls überhaupt etwas danach kommt, woran immer mehr Menschen zu zweifeln scheinen. Wir haben zunehmend den Glauben an einen göttlichen Schöpfer und das ewige Leben verdrängt, was uns früher in der Kirche, in der Schule und im Elternhaus förmlich eingetrichtert wurde. Gerade in westlichen Kulturkreisen lässt sich das in einem für mich beängstigendem Ausmaß feststellen, wie die nicht endend wollende Flut von Kirchenaustritten belegt, die man allzu gerne mit Kirchenskandalen begründet, aber insgeheim eher die eingesparte Kirchensteuer im Auge zu haben scheint, ohne das offen zugeben zu wollen.

Sicherlich sind Skandale weiß Gott kein Anreiz, um sein sauer verdientes Geld auch noch in kirchliche Einrichtungen zu stecken, die uns armen Sündern gerne Wasser predigen und selbst liebend gerne den besten und teuersten (Mess)Wein saufen oder weitaus schlimmere Schandtaten begehen. Ohne dies auch nur im Geringsten beschönigen zu wollen, bleibt allerdings festzustellen, dass menschliches Fehlverhalten auch vor keiner weltlichen Institution Halt macht, ganz gleich, ob es in der Politik, in Ämtern und Behörden, in Unternehmen, in Vereinen oder in der eigenen Familie und im Freundes- und Bekanntenkreis ist. Warum treten wir dann nicht konsequenterweise auch überall dort aus, wo Menschen sich anderen gegenüber versündigen? Die Antwort fällt auch hier nicht schwer, weil beispielsweise oft keine Möglichkeit dazu besteht, zumindest keine ohne negative Folgen für einen selbst. Ich kann nun mal nicht die Zahlung von Steuern ohne Sanktionen einstellen, weil der Staat unfähig oder korrupt ist. Ich kann nun mal nicht die Arbeit verweigern, weil ich dem Chef oder den Kollegen nicht über den Weg traue, ohne meinen Job ganz zu verlieren. Ich kann nun mal nicht meinen Lebenspartner schamlos ausnützen, belügen oder betrügen, ohne damit die Beziehung aufs Spiel zu setzen. Beispiele genug, finde ich.

Warum also ausgerechnet Kirchenaustritte? Ganz einfach, weil sie völlig legitim und zudem kostensparend sind. Die logische Konsequenz und liebend gerne nach außen kommunizierte Rechtfertigung für viele ist daher, mit dem Kirchenaustritt gleich auch den Glauben über Bord zu werfen und damit auch den Glauben an ein Weiterleben nach dem Tod.

Dass der menschliche Körper nach dem Tod selbst im schönsten Sarg verwest, sofern er nicht eingeäschert wird, vermag sicherlich niemand zu bestreiten. Aber den Menschen macht nun mal mehr aus als nur Fleisch und Blut. Wenn wir die Rechnung ohne unsere Seele und unseren Geist aufmachen, ist es nur die halbe Wahrheit, weil diese nicht verfaulen können wie Körperorgane. Unser Geist und unsere Seele charakterisieren uns Menschen aber weit mehr als unser körperliches Aussehen, das ohnehin alterungsbedingt einem ständigen Wandel unterliegt.

Wer allerdings davon überzeugt ist, dass mit dem Tod des Körpers unweigerlich auch der Geist und die Seele aufhören zu existieren, der wird jeden Ansatz von spirituellen Gedanken als Unfug oder Schwachsinn abtun. *Es gibt keinen Gott, und nach dem Tod ist ohnehin alles aus*, wer kennt nicht diese weit verbreitete Meinung, mit der man sich auch bedenkenlos über sittliche und moralische Grundsätze hinwegsetzen kann. Für jedermann unverkennbaren gesellschaftlichen Fehlentwicklungen mit verheerenden Folgen für uns alle wird so Vorschub geleistet.

Sicher, man kann den Glauben an einen Gott oder an ein Weiterleben nach dem Tod nicht unter Beweis stellen. Ein k.O.-Kriterium also? Keineswegs, denn es wird genauso wenig gelingen, das Gegenteil unter Beweis zu stellen. Glauben, ob so oder so, ist und bleibt, wenn man so will, letztlich Glaubenssache!

Natürlich kann man die in der Bibel beschriebene Wiederauferstehung von Jesus Christus nach seinem schrecklichen Tod am Kreuz bezweifeln, ebenso wie millionenfache Nahtod- und außerkörperliche Erfahrungen oder „angebliche" Botschaften aus dem Jenseits und Berichte über Begegnungen mit Geistwesen. Alles nur Hirngespinste, Halluzinationen oder schamlose Lügen? Aber auch darauf vermag niemand eine unumstößliche Antwort zu geben.

Mit anderen Worten, wir müssen uns entscheiden, dafür oder dagegen. Wer selbstherrlich behauptet, er glaube grundsätzlich nur das, was er mit eigenen Augen sehen oder mit eigenen Ohren hören kann, der müsste zwangsläufig auch die Existenz von Schallwellen und elektromagnetischen Feldern in Frequenzbereichen, die für unsere Körperorgane nicht unmittelbar wahrnehmbar sind, leugnen, ebenso wie Träume oder Gedankenreisen zu den entferntesten Orten im Weltall, ohne sich auch nur einen Zentimeter zu bewegen. Mehr noch, der müsste auch in Abrede stellen, dass beim Blick in den nächtlichen Sternenhimmel Trugbilder von Planeten aus längst vergangenen Zeiten auf unsere Hornhaut projiziert werden und diese Himmelskörper möglicherweise schon gar nicht mehr existieren.

Warum sollten wir also die Existenz eines göttlichen Schöpfers und eines ewigen geistigen Lebens, von der seit Anbeginn der Menschheit in allen Kulturkreisen die Rede ist, kategorisch verneinen? Wäre es nicht viel sinnvoller, sich etwas intensiver damit zu beschäftigen und das Für und Wider sorgfältig abzuwägen? Was verliere ich eigentlich, wenn ich mich dem Glauben verschreibe und er sich am Ende doch als unzutreffend erweisen sollte? Nichts, lautet die einfache Antwort darauf! Und was verliere ich, wenn ich den Glauben an irgendetwas oder irgendwen zu Lebzeiten verleugne, mich über alle sittlichen Werte und Grundsätze hinwegsetze und sich das dann irgendwann doch als Fehler erweisen sollte?

Ich für meinen Teil habe mich jedenfalls für den Glauben entschieden, und ich freue mich - Sie werden es mir kaum glauben - sogar auf den Tod, womit ich natürlich Gefahr laufe, spätestens jetzt von Ihnen als völlig verrückt eingestuft zu werden. *Ob ich denn keine Angst vor dem Sterben habe?*, wollen Sie wissen. Und ob, sehr große Angst sogar, um ehrlich zu sein, denn keiner von uns weiß schließlich, wann und wie uns der eigene Tod ereilen wird, ob wir sanft entschlummern oder blitzartig dahingerafft werden, was sich wohl jeder wünschen würde, oder ob wir lange und schwer zu leiden haben, was keiner gerne mitmachen möchte. Nein, diesbezüglich unterscheide ich mich wohl kaum von meinen Mitmenschen. Aber das Sterben und der Tod sind nun mal nicht das Gleiche. Das Sterben ist der auf uns alle unweigerlich zukommende Übergang ... ins Nichts oder in ein geistiges Weiterleben ohne körperliche Belastungen und Einschränkungen. Ich würde mir jedenfalls nichts mehr wünschen als Letzteres, und deshalb glaube ich auch zugegebenermaßen gerne daran. So gesehen freue mich darauf, was mir tatsächlich bereits in meinem irdischen Dasein „unterm Strich" mehr gibt als alle leider meistens relativ kurzfristigen irdischen Freuden, die auch ich keinesfalls missen möchte.

Genug der Vorrede, die mir aber zum besseren Verständnis der folgenden Geschichten über den Tod notwendig erscheint. Falls Sie darüber hinaus gerne noch etwas mehr über grundsätzliche spirituelle Fragen in Form von interessanten, spannenden und unterhaltsamen Büchern erfahren möchten, dann schauen Sie doch bitte mal in den Anhang zu diesem Buch.

Ich wünsche Ihnen eine anregende und spannende Lektüre bei meinen Geschichten vom Tod.

Raimund Eich

# ICH FREUE MICH AUF DEN TOD

*Ich freue mich auf den Tod!*, hörte ich auf der Parkbank neben mir jemand vor sich hin sagen, der mich mit dieser ungewöhnlichen Bemerkung völlig aus meinen Gedanken riss, die bereits seit Tagen um die bevorstehende Sitzung in der Konzernzentrale kreisten. Der Vorstand hatte mich als leitenden Angestellten dorthin zitiert, in meiner Funktion als Niederlassungsleiter eines kleineren Betriebes, etwa einhundert Kilometer vom Stammsitz in Mannheim entfernt. Schwerpunkt derartiger Kappensitzungen, wie ich sie insgeheim zu nennen pflegte, weil sie sich für mich zumindest überwiegend aus einer Ansammlung von karrieregeilen Alleswissern mit Nichtskönnerqualitäten zusammensetzten, die keinerlei Ahnung vom harten Tagesgeschäft hatten und sich ausschließlich auf Zahlen konzentrierten. Auf betriebswirtschaftliche Zahlen wohlgemerkt, wobei sie auf negative oder rote Zahlen, die ihrem Status, ihrem Einfluss und letztlich auch ihren horrenden Gehältern zum Nachteil gereichen könnten, wie der Teufel auf Weihwasser zu reagieren pflegten. Und diesbezüglich stand mir ein schwerer Gang nach Canossa bevor, der mich schon seit Tagen nicht mehr zur Ruhe kommen ließ.

Seit fast drei Jahren war ich für die relativ kleine Niederlassung im überschaubaren Saarland zuständig. Wir produzierten dort Komponenten für die Fertigungstechnik. Der alte Leiter, der mich nach dem Studium als seinen Assistenten eingestellt hatte, setzte vor seinem Ausscheiden alle Hebel in Bewegung, damit ich seine Nachfolge übernehmen konnte. Wir waren ein bestens eingespieltes Team, das größten Wert auf Qualität, Liefertreue und Kundenservice legte und damit auch einen guten Ruf bei unseren Kunden hatte. Ich war im Grunde genommen glücklich mit meiner Position in der zweiten Reihe, die mir einerseits viel abverlangte, mich aber letzten Endes nicht zu sehr mit der Last der Verantwortung erdrückte, wie sie der Nummer eins in erster Linie zufiel. Ich tat mich offen gestanden schon immer schwer damit und hatte insofern auch keinerlei Karriereambitionen. Der Alte glaubte jedoch, dass es nach ihm keiner besser machen könne als ich, und er wollte mir damit wohl auch einen Schub nach vorne geben. Hätte ich etwa nein sagen und mich davor drücken sollen? Nein, denn dazu wäre ich viel zu stolz gewesen. Auch das in mich gesetzte Vertrauen tat mir gut und stärkte mein Selbstbewusstsein, zumindest für eine ganze Weile, bis leider auch auf Vorstandsebene personelle Veränderungen meine bis dahin halbwegs heile Arbeitswelt ins Wanken brachten, denn von nun an wurde der Unternehmenserfolg ausschließlich an Zahlen gemessen, an schwarzen Zahlen selbstverständlich. Folglich galt es für alle Unternehmen in unserer Gruppe, an allen Ecken und Enden zu sparen, an Personal, an Betriebsausstattung, an Werkzeugen, an Materialien und an vielem mehr.

Für eine begrenzte Zeit lassen sich damit zwar Wunschzahlen generieren, aber dann schlagen die Zeiger in die andere Richtung aus. Unzufriedene Mitarbeiter, schlechte Qualität, verärgerte Kunden und letztlich ausbleibende Aufträge sind die unausweichliche Folge. Aber dann sind die Herren des Vorstandes mit ihren Fünfjahresverträgen längst schon über alle Berge zu neuen Ufern aufgebrochen, um dort in gleicher Weise Unheil anzurichten.

Ich wusste das und versuchte daher, soweit als möglich, meinen Mitarbeitern und unseren ursprünglichen Qualitätsansprüchen auch weiterhin gerecht zu werden. Mit anderen Worten, ich ließ mich nach wie vor mit guten Argumenten von notwendig erscheinenden Investitionen in die Entwicklung, Produktion oder Qualitätssicherung überzeugen mit der Folge, dass mein Betrieb peu a peu auf der betrieblichen Erfolgsleiter nach unten rutschte. Und dafür musste ich mich heute vor dem versammelten Vorstandskollegium rechtfertigen, was mir wohl kaum gelingen würde. Die zu erwartenden Folgen für unseren Betrieb und auch für mich quälten mich derart, dass ich am liebsten davongelaufen wäre. Aber wohin? Und so saß ich nun da, irgendwo in einer großen Parkanlage auf einer Holzbank, und versuchte, die verbleibende Zeit bis zum Termin in etwa zwei Stunden totzuschlagen, weil ich vor lauter Angst, zu spät zu kommen, viel zu früh angereist war. Ein herrlicher Frühsommertag mit angenehmen Temperaturen und einem strahlend blauen Himmel, vor dem nur ab und an eine schneeweiße Schäfchenwolke träge dahinsegelte. Ein schattiges Plätzchen im Grünen mit hohen Büschen und noch höheren Bäumen, deren dichtes Laub den Straßenlärm angenehm dämpfte. Vor mir weitläufige Wiesen. Der Sommerwind malte Wellen ins halbhohe Gras. Fast ein grünes Meer, in dem Blumeninseln zu schwimmen schienen. Diese traumhaft schöne Kulisse passte so gar nicht zu der albtraumhaften Begegnung mit dem Vorstand, die mir heute noch bevorstand.

Und jetzt hörte ich auf der Parkbank nebenan jemand sagen: Ich freue mich auf den Tod! Wer mochte das sein? Ein Verrückter, oder gar ein Selbstmörder? Verstohlen warf ich einen Blick zur Seite. Dort saß ein alter Mann in zerschlissen und ungewaschen aussehenden Kleidern, das Gesicht halb von einem altmodischen Pepitahut mit Schottenmuster und einem grauen Vollbart verdeckt. Passend dazu eine hässliche Nickelbrille, die wohl schon ausgeleiert war und ihm bei jeder Kopfbewegung auf die Nasenspitze herunterrutschte. Seine Hände zitterten, als er wohl etwas aus seiner Jackentasche zu nehmen versuchte. Er schien mich überhaupt nicht wahrzunehmen und führte offenbar Selbstgespräche, von denen ich allerdings nur *Ich freue mich auf den Tod* mitbekommen hatte.

Irgendwie hatte ich Mitleid mit dem alten Mann, stand auf, packte meine Aktentasche und setzte mich neben ihn.

„Suchen Sie etwas? Kann ich Ihnen vielleicht irgendwie behilflich sein?", fragte ich.

Er blickte auf und sah mir in die Augen. Sein faltiges Gesicht wirkte aschfahl. „Oh ja, junger Mann, in der rechten Innentasche meiner Jacke ist eine Schachtel mit Tabletten, aber ich kriege sie einfach nicht raus. Irgendetwas klemmt da. Könnten Sie es bitte mal versuchen?"

„Selbstverständlich", erwiderte ich und griff in die Innentasche der Jacke. Die Naht am Boden der Tasche war aufgerissen und die Tabletten ins Jackenfutter gerutscht. Ein schnell lösbares Problem für mich. „Hier bitte", sagte ich und reichte ihm die Schachtel, die er zitternd zu öffnen versuchte. „Darf ich Ihnen auch dabei helfen?"

Er nickte. „Zwei davon muss ich einnehmen."

Ich zog zwei Tabletten aus der Packung und reichte sie ihm. „Brauchen Sie nicht auch etwas zu trinken, damit sie besser runterrutschen?"

„Wäre nicht schlecht. Wenn sie so freundlich wären", sagte er und deutete hinter sich.

Als ich mich umdrehte, sah ich etwa zwanzig Meter hinter uns am Wegrand einen von Moos überzogenen alten Steinbrunnen, in den aus einem angerosteten Stahlrohr Wasser plätscherte. Sehr vertrauenerweckend sah die Brunnenanlage nicht gerade aus. „Ist das auch Trinkwasser, und wie soll ich es transportieren?", fragte ich den Alten.

Er nickte, griff in den Abfallbehälter direkt neben der Parkbank und zog mit sicherem Griff eine leere Bierflasche heraus. „Hier, das müsste eigentlich gehen, oder?"

Ich ging zum Brunnen und spülte die Flasche erst einmal gründlich aus, bevor ich sie mit Wasser füllte.

„Danke, junger Mann, das ist sehr nett von Ihnen. Wie heißen Sie denn?"

„Reichmann, Peter Reichmann", erwiderte ich und schob ein „danke für den jungen Mann, aber ich bin schon fast Fünfzig" nach.

„Soso, schon fast Fünfzig". Der Ansatz eines Schmunzelns war bei ihm zu erkennen. „Wenn ich Ihnen jetzt sage, dass ich schon neunundachtzig bin, dann dürfen Sie mir gerne den jungen Mann abnehmen. Alles ist relativ im Leben, auch das Alter."

„Wohl war. Was sind das für Tabletten?"

„Herztabletten", erwiderte er, „ohne die geht´s leider nicht mehr ... und mit denen auch nicht."

Ich stimmte spontan in das meckernde Lachen des Alten ein und erwiderte: „Sie müssen sie aber trotzdem einnehmen."

„Ja ja, nur die Ruhe, das hat noch ein bisschen Zeit. Ich hasse Tabletten und helfen ...? Ich merke keinen Unterschied, ob mit oder ohne Tabletten, aber der Arzt und der Apotheker die merken den Unterschied sicher an ihrem Geldbeutel." Wieder das gleiche Lachen. Der Alte hatte jedenfalls Humor, so viel stand fest. „Was machen Sie denn hier?", fragte er mich.

„Ich? Ich warte?"

„Auf was?"

„Na ja, ich habe noch einen wichtigen, aber leider auch unangenehmen Termin vor mir und versuche mich bis dahin noch etwas abzulenken?"

„Geht mir genau so", brummte er in den Bart.

„Verstehe, ich nehme an, Sie müssen noch zum Arzt", erwiderte ich.

„Nein, von dort komme ich ja gerade."

„Aha, und auf was warten Sie dann, wenn Sie mir die Frage erlauben."

Ein Grinsen überzog sein Gesicht. „Warum nicht? Ich warte auf den Sensemann, um das Kind gleich beim Namen zu nennen. Aber nicht erst seit heute, sondern schon seit über einem halben Jahr. Ich warte und warte, aber er lässt mich einfach weiterzappeln."

Auf den Sensemann warten ... und weiterzappeln? Was meinte er damit? Auf so eine Antwort war ich nicht gefasst und wusste überhaupt nicht, wie ich darauf reagieren sollte. „Aber ich bitte Sie, Sie sehen doch noch relativ gesund und rüstig aus", versuchte ich die Situation etwas zu entschärfen.

„Oh Mann, hören Sie bloß auf, mich so schamlos zu belügen. Ich weiß genau, wie ich aussehe, auch wenn ich nicht mehr gut sehe und zuhause nur ein halbblinder Spiegel an der Wand hängt. Halbblind reicht aber völlig aus für einen Halbblinden wie mich." Wieder lachte er auf und lenkte dabei seine Blicke in Richtung Himmel.

„Äh ...", ich überlegte einen kurzen Moment, was ich ihm darauf erwidern sollte, und fuhr dann fort, „sagten Sie eben tatsächlich, ich freue mich auf den Tod?"

„Schon möglich, hab ´s vergessen, aber das tue ich tatsächlich, mich freuen, meine ich."

„Aber ... auf den Tod freut man sich doch nicht."

Er blickte mich an und nickte heftig. „Und ob, ich schon."

„Entschuldigen Sie, aber es fällt mir offen gestanden sehr schwer, das zu verstehen. Haben Sie denn keine Angst vor dem Sterben?"

„Klar!"

„Was heißt klar?"

„Natürlich habe ich Angst davor. Hat doch wohl jeder, oder?" Er blickte mich fragend an.

„Eben drum", erwiderte ich.

Er schüttelte den Kopf. „Sterben und Tod sind aber zwei paar Schuhe, die man nicht verwechseln darf, junger Mann. Das Sterben ist ein Übergang, aber der Tod ist ..."

„Etwas Endgültiges", unterbrach ich ihn.

„Genau."

„Aber man freut sich doch nicht darauf, wenn man nicht mehr da ist. Ich jedenfalls nicht."

„Unsinn", erwiderte er, „wer sagt denn, dass man dann nicht mehr da ist?"

Den Unsinn versuchte ich zwar zu überhören, was mir aber nicht leicht fiel. Leicht angefressen erwiderte ich: „Ja was denn sonst?"

Er sah mich lange an. „Hör mal, ich sage jetzt einfach du zu dir, weil mich das Sie nervt und du ohnehin noch ein halbes Kind bist, jedenfalls von meinem Standpunkt aus." Er lachte schallend dabei. „Kannst ruhig Erich zu mir sagen. Also der

Kadaver, ich meine den Leib, der fault natürlich, aber nur der, und nicht das, was du da oben und dort drinnen hast", sagte er und tippte sich dabei zuerst an die Stirn und dann an die linke Brust."

„Geist und Seele meinen Sie wohl?"

„Du kannst es nennen wie du willst, das bleibt jedenfalls, auch wenn die alten Knochen schon längst verfault sind."

Der Alte schien wohl etwas verwirrt zu sein. Jedenfalls kam es mir so vor, was er leise kichernd registrierte.

„Du meinst, ich hätte einen an der Klatsche, junger Mann."

„Natürlich nicht, aber woher nehmen Sie diese Gewissheit?", fragte ich.

„Wir waren schon beim Du, Jüngelchen. Pass auf, ich war als Soldat im Krieg, und bei einem Truppentransport wurde unser Schiff transportiert und sank." Er schwieg für ein paar Sekunden und sah mich mit leeren Augen an. „Ich konnte nicht schwimmen und hatte Todesangst, ins Wasser zu springen, aber irgendwann musste ich, bevor ich mit dem Kahn absoff. Die Reling am Heck, an der ich mich zitternd festgeklammert hatte, wuchs immer bedrohlicher in die Höhe, weil der Bug immer tiefer ins Wasser zu tauchen begann. Irgendwann sprang ich einfach und hatte in Gedanken schon mit meinem Leben abgeschlossen. Ich weiß noch, dass ich tief ins eiskalte Wasser eintauchte und dann wild strampelnd irgendwie wieder an die Wasseroberfläche kam, wo ich mit dem Kopf gegen etwas Festes knallte. Was es war, wusste ich nicht, aber ich habe mich wohl instinktiv daran festgeklammert, und dann ..." Er schwieg plötzlich.

„Und dann?"

„Weiß ich nicht mehr, ich hatte das Bewusstsein verloren. Aber sie haben mich irgendwann aus dem Wasser gezogen und zu den Toten gelegt, weil ich durch die Kälte steif gefroren und bleich wie ein Leinentuch war. Erst einem Sanitäter, der mir die Armbanduhr vom Handgelenk abstreifen wollte, fiel auf, dass ich noch Puls hatte, und dann haben Sie mich mit vereinten Kräften so lange bearbeitet, bis ich wieder zu mir kam."

„Aha, und woher wissen Sie das? Hat man es ihnen später erzählt?"

„Das auch, aber ich habe es selbst gesehen."

„Also dann waren Sie doch nicht ohnmächtig. Zumindest nicht ganz."

„Doch, war ich, aber ich konnte es von oben beobachten."

„Von oben? Das verstehe ich nicht."

„Wie soll ich dir das erklären? Ich habe mich selbst, also von außerhalb meines Körpers beobachtet, wie ich erst wild mit den Armen ruderte und dann plötzlich erstarrte. Es war ein wunderschönes Gefühl, ich war schlagartig frei wie ein Vogel, hatte keinerlei Angst oder Schmerzen und ein strahlendes Licht umhüllte und wärmte mich. Eine unbeschreibliche Liebe ging von diesem Licht aus", sagte er und fasste sich dabei wie zur Bestätigung ans Herz. Es war ein wunderbares Gefühl, und ich wollte dort bleiben, so wie ich war, aber irgendwie hat mir das Licht signalisiert, dass ich wieder zurück müsse in meinen Körper, weil ich hier auf diesem elenden Planeten noch ein paar Aufgaben zu erfüllen hätte."

„Und dann?"

„Und dann, fragst du? Ja, und dann bin ich irgendwann wieder aufgewacht in meinem Körper und lag wochenlang mit einer schweren Lungenentzündung im Hospital.

„Verstehe", erwiderte ich, „Sie hatten wohl Halluzinationen, ausgelöst durch den Schock beim Untergang des Schiffes."

Er schüttelte den Kopf. „So oder so ähnlich haben es mir die Ärzte, die Sanitäter und die Kameraden auch zu erklären versucht, aber wenn du so etwas selbst erlebt hast, dann weißt du ganz sicher, dass es keine Hallu ... also keine Hirngespinste sind. Aber du kannst es keinem richtig erklären, weil es dafür einfach keine passenden Worte gibt. Nur du allein weißt, dass es wahr ist und musst alleine damit klarkommen. Ich habe daher auch mit niemand mehr seitdem darüber gesprochen, außer ...", er sah mich lange an und fuhr fort, „außer gerade eben mit dir. Ich weiß auch nicht warum, aber irgendetwas da drinnen signalisiert mir, dass du es wissen sollst", erwiderte er und klopfte sich dabei an die Brust. „Und auf deine innere Stimme musst du immer hören, denn sie weiß viel besser als deine Birne da oben, was gut und richtig für dich ist. Das musst du dir merken, hörst du?"

Ich nickte. „Welche Aufgaben sollten Sie denn noch erfüllen, ich meine hier unten auf der Erde?"

Er zuckte mit den Schultern. „Weiß nicht, hat mir keiner gesagt."

„Das verstehe ich jetzt nicht."

„Ich auch nicht, Jüngelchen."

Das Jüngelchen brachte mich zum Glück nicht mehr aus der Fassung, vielleicht weil ich instinktiv spürte, dass es nicht verletzend gemeint war. Im Gegenteil, ich hatte eher das Gefühl, dass er mich wie ein Vater behandelte, der es gut mit seinem Sohn meinte. „Und dann?", fragte ich.

„Was, und dann?"

„Na ja, haben Sie denn irgendwelche Aufgaben erfüllt, von denen Sie glauben, dass die damit gemeint sein könnten?"

Wieder ein Schulterzucken. „Weiß nicht, ich habe nach dem Krieg eine kleine Schreinerei betrieben, zusammen mit meiner Frau. Wir haben drei Kinder gezeugt und zu anständigen Menschen erzogen. Ich habe gute Möbel, Fenster und Türen zu akzeptablen Preisen angeboten, nie einen übers Ohr gehauen und bin deshalb mein Leben lang ein kleines Licht geblieben. Aber ich war zufrieden mit dem, was ich hatte. Natürlich nicht immer, aber im Großen und Ganzen schon.“ Er schwieg und starrte mich fragend an. „Was denkst du, könnte das damit gemeint sein, ich meine die Erfüllung von Aufgaben?“

Ich nickte. „Das glaube ich schon, denn wo hat man das heutzutage noch, gute Qualität zu vernünftigen Preisen, und wer singt denn heute überhaupt noch das Lied *Üb immer Treu und Redlichkeit*. Das glatte Gegenteil ist der Fall ... und das widert mich derart an, dass ich am liebsten alles ...“ Abrupt brach ich mitten im Satz ab.

Ein Lächeln überzog sein Gesicht, und in seinen Augen sah ich ein paar Tränen schimmern.

„Ehrlich? Meinst du das wirklich, mein Junge?“, fragte er.

„Hundert Prozent! Sie haben Ihre Aufgaben ganz bestimmt alle und gut erfüllt.“

„Dankeschön ... das tut mir wirklich sehr gut, was du da gerade gesagt hast, denn ich habe bis jetzt immer noch auf eine besondere Aufgabe in meinem Leben gewartet, ohne zu wissen, auf was. Vielleicht macht mir das ja das Gehen jetzt ein bisschen leichter. Meine drei Kinder sind in alle Welt zerstreut, meine Frau habe ich bis zu ihrem Tod vor zwei Jahren gepflegt und unseren Hund vor ein paar Wochen irgendwo auf einem Feld vergraben. Er war alt, sehr alt für einen Hund. Fast fünfzehn Jahre war er mein Freund und Begleiter. Er konnte kaum noch laufen und viele haben mir geraten, ihn einschläfern zu lassen. Aber das konnte ich einfach nicht übers Herz bringen, denn aus dem gleichen Grund könnte man dann auch mich einschläfern. Er ist in meinen Armen gestorben, ganz ruhig und friedlich, und manchmal meine ich, er wäre noch um mich. Irgendwie kann ich ihn noch spüren, genau so, wie auch meine Frau. Der Hund war mein bester Freund, musst du wissen. Allerdings auch der einzige Freund, den ich habe. Einer, der mir immer die Treue gehalten hat, der mich blind verstanden und mich auf seine Art seine Liebe zu mir hat spüren lassen. Eine wohltuende Liebe, die mir schrecklich fehlt."

Mitten im Gespräch flog mir plötzlich ein Fußball von der Seite an den Kopf. Erschrocken sprang ich auf und bemerkte erst jetzt ein paar Jungs, die auf der Wiese vor uns Fußball spielten. Ich nahm den Ball auf, ließ ihn auf den rechten Fuß fallen und drosch ihn in Richtung der spielenden Kinder zurück. Ein Volltreffer in eines der beiden Tore, die auf der Wiese aufgestellt waren, was auf der einen Seite grenzenlosen Jubel und auf der anderen Seite heftige Protestschreie auslöste.

„Der Treffer zählt", hörte ich einen aus der Jubelecke rufen. „Wir führen jetzt vier zu drei." Von der anderen Seite kam mir ein Junge entgegen, der wohl der Anführer oder Mannschaftskapitän war. „Hör mal", sagte er zu mir, „das geht so aber nicht. Du kannst uns doch nicht den Sieg vermasseln."

Ich musste schmunzeln. „Entschuldigung, junger Mann, aber ich wollte euch doch nur den Ball zurückspielen. Wieso zählt ihr denn meinen Schuss überhaupt als Tor für die anderen?"

„Ich nicht, aber der da", erwiderte er und deutete auf den Jungen, der gerade gerufen hatte, dass der Treffer zählen würde. „Weil der da der Sohn von unserem Lehrer ist, und wenn wir auf den nicht hören, dann verpetzt er uns bei seinem Vater und wir bekommen es irgendwann in der Schule zu spüren."

„Verstehe, und was machen wir jetzt?"

„Ganz einfach, du musst bei uns mitspielen. Wir haben ohnehin einen Mann weniger und können das verlangen. Und dann spielst du so lange mit, bis du auch ein Tor für uns geschossen hast. Dann kannst du dich meinetwegen wieder verpissen."

Ich verkniff mir ein Grinsen über diese ebenso freche wie lustige Bemerkung Das Ganze hatte immerhin eine Logik, und es juckte mich offen gestanden tatsächlich, nach vielen Jahren mal wieder ein bisschen Fußball zu spielen. Eine große Leidenschaft von mir, der ich bis Ende des Studiums in meinem Heimatverein nachgegangen war. Aber die Arbeit ließ mir später leider keine Zeit mehr dafür. Ich warf einen Blick auf die Uhr. Noch über eine Stunde Zeit bis zur Besprechung, und das Problem mit dem Tor sollte in ein paar Minuten zu lösen sein.

„Also gut, aber nur bis zum nächsten Tor", erwiderte ich, worauf diesmal die Seite meiner neuen Mitspieler in Jubel ausbrach. Ich war offensichtlich willkommen. Aber was war mit dem alten Mann? Als ich mich nach ihm umdrehte, nickte er mir aufmunternd zu.

„Mach nur", sagte er, „du musst deinen Fehler wiedergutmachen. Jeder muss alle seine Fehler wiedergutmachen."

„Und Sie?"

„Ich? Ich schaue euch gerne ein bisschen zu und warte, wie vorher auch", erwiderte er.

Das ließ ich mir nicht zweimal sagen und tobte mich mit den Jungs für eine knappe Viertelstunde aus, bis mir endlich der Gegentreffer gelang, dem frenetisches Torgeschrei meiner Mannschaftskameraden folgte.

„So Jungs, Auftrag erfüllt. Jetzt müsst ihr wieder alleine um den Sieg kämpfen."

„Schade", sagte mein Mannschaftskapitän. „Du bist echt ein guter Mann. Wenn du willst, kannst du morgen wieder mitspielen."

„Ich überleg ´s mir, Jungs. Danke für das Angebot, aber jetzt muss ich schleunigst weg", sagte ich und ging wieder in Richtung Parkbank. Der Alte schien eingeschlafen zu sein. Er hatte die Beine weit von sich gestreckt und den Pepitahut offenbar als Schutz vor der Sonne ins Gesicht gezogen. „Hallo, da bin ich wieder", sprach ich ihn an und berührte ihn dabei an der Schulter, worauf er einfach zur Seite hin absackte. Der Hut fiel ihm dabei vom Kopf und machte den Blick auf zwei starre Pupillen frei. Panik überkam mich. Ob er ohnmächtig war? Ich schüttelte ihn kräftig und versuchte vergeblich, ihm etwas Wasser in den Mund einzuflößen. Schnell war ich mit meinem Latein am Ende und alarmierte hastig und mit zitternden Händen über mein Smartphone den Notruf. Etwa zehn Minuten später trafen der Arzt und ein Rettungssanitäter ein und versuchten, den Alten zu reanimieren, während ich Blut und Wasser schwitzte. Irgendwann gaben sie es auf.

„Exitus", sagte der Arzt, „aber er hatte wenigstens einen schönen und schnellen Tod."

Ich musste den beiden noch ein paar Angaben zu meiner Person machen und ihnen meine Anschrift hinterlassen. Dann rannte ich los, um wenigstens nicht allzu spät beim Konzernvorstand einzutrudeln.

Völlig aufgelöst betrat ich den Besprechungsraum und schloss hastig mein Notebook an den Beamer an. Ich hatte eine Präsentation vorbereitet, in der ich mit einer Reihe von Unternehmensdaten und Fakten belegen wollte, dass die momentan zwar negative Umsatz- und Ergebnisentwicklung aufgrund einer Reihe zwingend notwendiger Investitionen und Umstrukturierungsmaßnahmen nur eine Momentaufnahme sei, dass sich aber daraus resultierend schon bald wieder entsprechend positive Ergebnisse einstellen würden. Ich hatte Glück im Unglück, denn mein Zuspätkommen blieb unbemerkt, weil sich eine andere Sitzung vor meinem Termin um eine halbe Stunde verzögert hatte. Meine Nerven flatterten wie wild und ich war zu keinem klaren Gedanken mehr fähig, doch zum Glück hatte ich den Vortrag bis zum geht nicht mehr eingeübt und hätte ihn selbst im Schlaf noch halten können.

Kurz darauf betraten drei Herren des Vorstands in edlem Zwirn den Raum, begleitet von eilfertigen Assistenten und Assistentinnen, die mit ihrem untertänigen Gehabe den Chefs gegenüber spontan Verachtung bei mir auslösten, die ich mir allerdings nicht anmerken ließ. Sechs eiskalte Vorstandsaugen starrten mich eine Weile an, bevor mich einer der Herren bat, die völlig desolate Ergebnissituatioin in meiner Niederlassung, er drückte sich tatsächlich so aus, zu erläutern und zu begründen.

Wie in Trance spulte ich meinen Vortrag ab, während meine Gedanken noch immer um den Vorfall in der Parkanlage kreisten. Das Gespräch mit dem Alten, der mir aus seinem Leben erzählte und sich auf den Tod freute, und das Fußballspiel mit den Jungs, das mich wenigstens für kurze Zeit alle Sorgen und Probleme vergessen ließ, gingen mir einfach nicht aus dem Kopf.

„Hören Sie mir überhaupt zu, Herr Reichmann? Was ist denn bloß los mit Ihnen, Sie fahren Ihre Niederlassung sehenden Auges an die Wand und sind offensichtlich auch völlig überfordert, uns auf unsere Fragen eine Antwort zu geben, geschweige denn eine vernünftige. Ersparen Sie uns ihre jämmerlichen Erklärungsversuche mit dem unwichtigen Zahlenmist, den Sie da an die Wand projizieren. Ist Ihnen denn nicht bewusst, dass Sie damit auf dem besten Weg sind, sich Ihr eigenes Grab zu schaufeln?"

Ich schwieg für ein paar Sekunden mit betretenem Blicken. Doch plötzlich verspürte ich eine mir unerklärliche innere Kraft und wusste mit einem Schlag die Lösung für alle meine Probleme. Zum ersten Mal wagte ich es, ihm und seinen Vorstandskollegen tief und fest in die Augen zu schauen, ohne vor lauter Angst schnell wieder den Blick zu senken. „Oh doch, das ist mir bewusst, sehr bewusst sogar", erwiderte ich, „und ich will Ihnen noch etwas sagen, meine Herren." Ich machte eine kurze Pause, um meinen Worten Nachdruck zu verleihen und ihre irritierten Blicke wenigstens für einen Augenblick zu genießen. Dann fuhr ich fort: „Ich freue mich auf den Tod!" Danach stand ich einfach auf, warf die mitgebrachten Unterlagen achtlos in den neben der Tür stehenden Papierkorb und verließ den Raum, ohne meine drei Scharfrichter eines weiteren Blickes zu würdigen.

# DAS TOR SEINES LEBENS

Bedrohlich wirkt er auf ihn, dieser mit modernster Technik, mit Geräten, Infusionsflaschen, Schläuchen und Kabeln voll gespickte Raum, dort, wo auf Monitoren hinter dem Krankenbett von leuchtend bunten Linien eigenwillige Bilder gemalt werden und Leuchtziffern permanent irgendwelche Werte anzeigen, von denen er nichts versteht. Eine gespenstische Kulisse, untermalt von regelmäßigen Piepgeräuschen, die offenbar Leben signalisieren sollen, während der Patient mit dickem Schädelverband, der restliche Körper abgedeckt mit einem weißen Laken, reglos wie ein Toter vor ihm auf dem Bett liegt. *Eine Folterkammer des Schreckens,* schießt ihm spontan durch den Kopf, obwohl er weiß, dass hier mit allen Mitteln versucht wird, einen Menschen am Leben zu halten. Ein Leben, das ihm unendlich wertvoll erscheint, wie ihm erst hier so richtig bewusst geworden ist. Ein hoffnungsloser Kampf, wie er an den ernsten Mienen und Blicken der Ärzte und Pflegerinnen zu erkennen glaubt, ohne es richtig wahrhaben zu wollen.

Zu tief sitzt ihm noch der Schock in den Knochen, obwohl es schon einige Stunden her ist. Immer wieder taucht diese Szene vor seinem geistigen Auge auf, die ihn, für ein paar Sekunden zumindest, zum stolzesten und glücklichsten Vater gemacht hat.

Viele Jahre hatte er bei seinem Sohn vergeblich auf ein derartiges Erlebnis gehofft. Immer wieder, schon von Kind auf, war er mit Thomas auf den Fußballplatz gegangen, hatte mit ihm stundenlang trainiert und geübt, damit sein Junge irgendwann mal in seine Fußstapfen treten könnte.

Ja, er war früher ein sehr bekannter und erfolgreicher Spieler gewesen, in seinem Heimatverein in Neukirchen, dem insbesondere durch ihn sogar der Aufstieg in die Bundesliga gelungen war, wenn auch nur für zwei Jahre. Aber davon schwärmten sie heute noch in der kleinen Stadt, die damals bundesweit in aller Munde war. Er war Mannschaftskapitän, ein Mittelfeldregisseur mit Weitblick, und ein exzellenter Freistoßspezialist, der ein Spiel fast wie ein Buch zu lesen und seine Mitspieler immer richtig einzusetzen wusste. Kein Torjäger, aber einer, dem nicht selten der spielentscheidende Treffer gelang. Er verdiente gutes Geld als Profi damals, wurde von den Fans umjubelt und von den Frauen für sein gutes Aussehen bewundert. Und er ließ auch nichts anbrennen, wie man so schön sagt. Er stand kurz vor einer Berufung in die Nationalmannschaft, bis ein Autounfall seiner glanzvollen Karriere ein plötzliches Ende setzte. Aus und vorbei, von einer Sekunde auf die andere. Lange Zeit saß er danach im Rollstuhl. Nur mühsam gelang es ihm, sich mit äußerster Willenskraft zurück in ein halbwegs normales Leben zu kämpfen. Irgendwann konnte er auch wieder laufen und sogar noch ein bisschen Fußball spielen, doch die verlorene Zeit und die dauerhaften körperlichen Einschränkungen ließen eine Fortsetzung seiner Karriere als Fußballprofi nicht zu.

Er hatte nach seinem Abitur weder eine Ausbildung noch ein Studium absolviert, weil er sich voll und ganz auf den Fußball konzentrieren wollte. So blieb ihm nach dem Unfall nichts anderes übrig, als eine Verwaltungslehre im Rathaus seiner Stadt zu absolvieren. Der Verein hatte sich beim Oberbürgermeister um eine Stelle für ihn bemüht, wofür er sehr dankbar war. Allerdings musste er sich nach vielen Jahren üppig sprudelnder Einnahmen, die er überwiegend in teure Autos und schöne Frauen investierte, seitdem mit einem bescheidenen Einkommen begnügen. Doch irgendwann hatte er sich mit seinem Schicksal abgefunden und eine frühere Schulfreundin geheiratet.

Sie wollten unbedingt Kinder, mindestens zwei oder drei, und am liebsten Jungen, wenn es nach ihm gegangen wäre. Doch es ging nicht nach ihm. Alle Versuche, schwanger zu werden, schlugen fehl bei ihr. Ärztliche Untersuchungen ergaben schließlich, dass das Problem der Unfruchtbarkeit jedoch nicht bei ihr, sondern bei ihm lag. Warum genau, das konnte ihm niemand sagen, aber letztlich war es auch unwichtig. Doch er litt innerlich sehr darunter, keinen Nachwuchs zeugen zu können. Das passte einfach nicht in sein Bild von einem starken und erfolgreichen Mann. So entschlossen sie sich schließlich, ein Kind zu adoptieren. Fast drei Jahre mussten sie warten, bis es endlich so weit war. Für einen schmächtigen kleinen Jungen von vier Jahren mussten kurzfristig Pflegeeltern gefunden werden. Sie überlegten nicht lange und nahmen die Pflegschaft an. Zwei Jahre später wurde der Junge zur Adoption freigegeben, gerade noch rechtzeitig, um ihn als Thomas Beckmann, und damit mit ihrem Familiennamen, einschulen zu lassen, was ihm sehr viel bedeutete.

Sie waren beide mächtig stolz auf „ihren Sohn". Während seine Frau ihn hoffnungslos zu verwöhnen versuchte, war er strikt dagegen. „Ich will nicht, dass du ihn zu einem Weichei erziehst", sagte er. „Aus Thomas will ich einen richtigen Mann und erstklassigen Fußballer machen, noch besser als ich es war", hatte er ihr und allen Verwandten, Freunden und Bekannten lauthals verkündet und den Jungen gleich darauf bei seinem Heimatverein angemeldet. Und jetzt lag Thomas da, im Koma, wie ihm die Ärzte gesagt hatten. Er müsse mit dem Schlimmsten rechnen, hatten sie ihn vorzubereiten versucht auf das, was wohl unausweichlich war. Zu schwer waren die Schädelverletzungen. Selbst wenn er überleben würde, würde er für immer ein Pflegefall sein, ausgerechnet sein Junge, der zu einem hochgewachsenen schlanken jungen Mann herangewachsen war. Ein sportlicher junger Mann, der ein guter Läufer war und sicherlich auch wegen seiner Größe und Geschicklichkeit ein guter Basketballspieler geworden wäre, zumal er oft stundenlang mit Freunden auf dem nahegelegenen Schulhof Basketball spielte, während er beim Fußballspielen eine ähnliche Leidenschaft eher vermissen ließ. Doch es gab keinen Basketballverein in ihrer kleinen Stadt, und das hätte er ohnehin nicht unterstützt. Thomas sollte bei seiner Borussia einmal die gleiche Rolle einnehmen wie er früher. Wenigstens über den eigenen Sohn wollte er seine eigenen Erfolge fortsetzen und „den alten Beckmann" wieder auferstehen lassen.

„Was willst du denn mit Basketball anfangen, ein Spiel, das hier kaum einen interessiert", hatte er Thomas immer wieder eingehämmert. „Damit kannst du allenfalls ein paar Kröten verdienen, von wenigen Ausnahmen mal abgesehen. Bleib lieber beim Fußball, dort hast du weitaus mehr Möglichkeiten. Ich habe dort immer noch sehr gute Verbindungen aus meiner aktiven Zeit. Das wird sich auf Dauer für dich weitaus mehr auszahlen, zumal ich dir alles beibringen kann, was einen guten Fußballer ausmacht. Und wenn du es mal zu den Aktiven geschafft hast, werde ich dir als Manager alle Voraussetzungen und Möglichkeiten bieten, um ein ganz Großer zu werden."

Doch alle Anstrengungen seinerseits brachten nicht den erhofften Erfolg, weil Thomas dazu einfach nicht genug Interesse, Talent und Ehrgeiz aufbrachte. Im Umgang mit dem Ball zeigte er Schwächen und hatte auch kein richtiges Spielverständnis. Weder seine Schusstechnik noch sein mangelnder Torinstinkt sprachen für eine große Karriere als Fußballer. Zugute kamen ihm allerdings seine Schnelligkeit und Körpergröße, die ihm immerhin in der zweiten Mannschaft, die in der Oberliga kickte, so manches Kopfballtor erzielen ließen. Doch für die Erste, die eine Klasse höher in der Regionalliga spielte und um den Aufstieg in die Dritte Liga kämpfte, reichte das alleine bei weitem nicht aus. Nur ganz selten durfte er dort mal für ein paar Minuten spielen, und nur dann, wenn es um nichts mehr ging oder wenn Stammspieler verletzt waren.

Thomas war zwar groß, aber zu schmächtig und ging daher Zweikämpfen nach Möglichkeit aus dem Weg. Körperbetontes Spiel, wie es ihm früher lag, mochte Thomas einfach nicht. Auch diesbezügliche Zusatztrainings, die er mit seinem Sohn absolvierte, änderten daran wenig. Nur das Kopfballspiel war Thomas große Leidenschaft, zumal sein Vater über zwanzig Jahre zuvor mit einem herrlichen Flugkopfball das entscheidende Tor um den zweiten Platz in der Zweiten Liga erzielte und seinen Borussen damit den direkten Aufstieg in die Erste Bundesliga ermöglichen konnte. Er wurde damals als Held des Tages auf den Schultern vom Platz getragen. Ein Foto von der entscheidenden Szene wurde bei einem internationalen Fotowettbewerb sogar zum Bild des Jahres gewählt. Thomas hatte es in seinem Zimmer als Poster über seinem Bett hängen.

Oft endeten die Trainingseinheiten der beiden mit einer nachgestellten Szene, bei der er seinem Sohn eine mustergerechte Flanke von links vors Tor servierte und dieser mit einem gewaltigen Hechtsprung nach vorne das Leder ins leere Tor zu köpfen versuchte. Und beide gaben nicht eher Ruhe, bis Thomas dies mindestens einmal gelungen war. Dann lebte zwischen Thomas und ihm spontan eine kumpelhafte Vater-Sohn-Beziehung auf, die sie beide sehr genossen. Ansonsten litt Thomas eher darunter, dass sein Vater sich offensichtlich weitaus mehr von ihm erhofft hatte und dies leider meist vergeblich aus ihm herauszulocken suchte.

Doch dann nahm das Schicksal seinen Lauf. Im Spiel um die Regionalliga-Meisterschaft lagen die Borussen vor dem letzten Spieltag zwei Punkte hinter dem Spitzenreiter, sodass nur noch mit einem Sieg die Meisterschaft und damit der heiß ersehnte Aufstieg zu schaffen war. Die Mannschaft war daher zur Einstimmung auf das große Spiel für drei Tage zu einem Kurztrainingslager ins benachbarte Frankreich aufgebrochen. Bei einem Unfall mit dem Mannschaftsbus wurden allerdings gleich mehrere Stammspieler verletzt, die für das entscheidende Match ausfielen und durch Spieler aus der Zweiten Mannschaft ersetzt werden mussten. Natürlich hatten nur die besten Spieler aus der Zweiten eine Chance, doch immerhin wurde Thomas wenigstens als Ersatzspieler, allerdings ohne ernsthafte Chance auf eine Einwechslung, nominiert. Die Hoffnung auf einen Erfolg war im Verein ohnehin durch den Ausfall der Stammspieler dramatisch gesunken. Doch wider Erwarten lag man sogar bis zirka zehn Minuten vor Spielende mit 1:0 in Führung und hatte daher vorsorglich zwei Stürmer gegen Abwehrspieler ausgewechselt, um das Ergebnis zu halten, als dem Gegner doch noch der Ausgleich gelang. In seiner Not wechselte der Trainer daraufhin Thomas gegen einen Verteidiger ein, nicht ohne ihm mit auf den Weg zu geben: „Du bist schnell und kopfballstark, Thomas. Du gehst bei jedem Angriff rechts außen mit nach vorne. Ich habe dem Linksaußen signalisiert, dass er den Ball hoch in den Strafraum bringen soll. Und dann haust du die Pille mit deiner Birne einfach rein, mein Junge. Alles klar?“

Er hatte als Mannschaftsbetreuer dem Trainer kurz zuvor diesen heißen Tipp gegeben.

Das Spiel gewann in den letzten Minuten vor dem Abpfiff deutlich an Dramatik. Der Gegner, der einen Platz im Mittelfeld der Tabelle belegte und daher selbst keine Aufstiegschancen hatte, wollte dennoch das viel beachtete Prestigeduell auf keinen Fall verlieren. Doch die erbitterten Angriffe beider Parteien waren nicht von Erfolg gekrönt. In der vierten Minute der Nachspielzeit gab es einen letzten Angriff der Borussen, und genau so, wie es der Trainer vorgegeben hatte, kam der Ball in einer weiten Flanke von links hoch in den Strafraum. Er drohte schon fast neben dem Torpfosten ins Aus zu trudeln, als Thomas mit einem gewaltigen Hechtsprung in den Fünfmeterraum flog, den Ball nur Zentimeter neben dem Pfosten über die Torlinie drückte und dabei mit voller Wucht mit dem Kopf an den Torpfosten knallte. Er fiel wie ein Stein zu Boden. Im gleichen Moment hatte der Schiedsrichter das Spiel abgepfiffen. Eine Traube von Borussenspielern raste mit ohrenbetäubendem Jubel auf Thomas zu und stürzte sich auf den vermeintlichen Glückspilz, bis kurz darauf ein markerschütternder Schrei ertönte und die Spieler die Sanitäter hastig herbeiwinkten. Thomas lag regungslos mit einer klaffenden Kopfwunde am Boden und wurde sofort in die Klinik eingeliefert.

Und jetzt lag er da, noch immer regungslos und totenbleich, obwohl wenigstens die Geräte Lebenszeichen von ihm signalisierten. Nur, wie lange noch? Und selbst wenn, was würde aus ihm werden? Ein Krüppel, lebenslang auf andere angewiesen. Er war selbst erschrocken über dieses hässliche Wort, das ihm so unkontrolliert in den Sinn gekommen war. Nein, dann lieber ... Er brachte den schrecklichen Gedanken nicht zu Ende und strich seinem Jungen zärtlich über die Hände, obwohl er ihm sonst nie derartige Gefühle zu zeigen vermochte, um ihn nicht noch mehr zu verweichlichen als seine Mama, wie er sich gerne über sie beide lustig zu machen pflegte, wenn sie ihn zärtlich in die Arme nahm und er sich das sogar noch als junger Mann gerne gefallen ließ. Seitdem sie aber vor drei Jahren an Krebs gestorben war, musste Thomas auf derartige Zärtlichkeiten verzichten. Nie wäre ihm an ihrer Stelle so etwas in den Sinn gekommen, doch jetzt konnte er nicht anders. Er verspürte plötzlich eine derart starke Liebe zu seinem Jungen wie nie zuvor, jetzt, wo es mit ihm zu Ende ging und er alleine zurückbleiben würde. Ein unvorstellbarer Gedanke, der ihm spontan ein paar Tränen in die Augen trieb, für die er sich zum ersten Mal nicht zu schämen vermochte. Heftige Schuldgefühle übermannten ihn. Hatte er nicht Thomas mit seinen völlig überzogenen Erwartungen und seinem krampfhaften Ehrgeiz in den Tod getrieben? „Wer denn sonst als ich", gab er sich selbst die Antwort und schlug entsetzt die Hände vors Gesicht.

Plötzlich änderten sich die Kurvenverläufe am Monitor und ein Gerät gab in kurzen Abständen schrille Pieptöne von sich. Thomas schlug mühsam die Augen auf und blickte ihn mit gebrochenem Blick an. „Wo bin ich? Was ist passiert?", stöhnte er kaum hörbar.

„Reg dich nicht auf, mein Junge, alles wird gut. Du bist hier im Krankenhaus. Gleich kommen die Ärzte und helfen dir."

Thomas begann unruhiger zu werden. „Das Spiel ... der Ball ...", stammelte er.

„Bleib bitte ruhig, mein Junge, wir haben das Spiel gewonnen und sind aufgestiegen. Aufgestiegen dank deinem großartigen Kopfballtor."

Wieder versuchte Thomas, etwas über die Lippen zu bringen, das er nicht verstand, aber richtig zu deuten vermochte.

Er nickte. „Ja, mein Junge, genau so, wie wir beide es immer geübt haben. Einzigartig und perfekt war es, das Tor deines Lebens." Er schien einen Anflug von Lächeln in Thomas Gesicht zu erkennen, der sich aufzurichten versuchte und dann plötzlich mit dem Kopf zur Seite sackte, während sich im gleichen Moment die Kurven auf den Monitoren in gerade Linien zu verwandeln begannen und ein nicht endend wollender Dauerton zu hören war. Im gleichen Moment stürzten Ärzte und Pfleger aufs Krankenbett zu und schoben ihn hastig nach draußen. Dort schickte er verzweifelte Gebete zum Himmel, obwohl er sonst nie zu beten pflegte. Ob sie sich deswegen als vergeblich erweisen sollten? Eine gefühlte Ewigkeit später teilte ihm ein Arzt mit, dass Thomas trotz Reanimationsversuchen soeben verstorben sei.

„Ich weiß, wie schwer das alles für Sie zu verstehen und zu ertragen ist, aber glauben Sie mir, es war das Beste für Ihren Sohn. Ihm ist dadurch wenigstens ein bedauernswertes Leben als Schwerstpflegefall erspart geblieben. Wollen Sie ihn noch einmal sehen, bevor wir ...?"

Er winkte wortlos ab und verließ die Klinik, ohne sich noch einmal umzusehen. Am übernächsten Tag war im Neukircher Tageblatt Folgendes zu lesen:

## Menschliche Tragödie nach Fußballspiel
### Vater und Sohn sterben innerhalb weniger Stunden

Nur Stunden nach seinem traumhaften Tor per Flugkopfball am letzten Spieltag der Regionalliga, der Borussia Neukirchen den Sieg und damit den Aufstieg in die Dritte Liga bescherte, ist Borussenspieler Thomas Beckmann an den Folgen schwerster Kopfverletzungen nach einem wuchtigen Aufprall verstorben. Der Spieler war erst wenige Minuten zuvor eingewechselt worden. Noch in der gleichen Nacht hat sich sein Vater, der aus den glorreichen Bundesligazeiten der Borussia bekannte Franz Beckmann, wohl aus Kummer über den tragischen Tod seines Sohnes, von der Autobahnbrücke an der A 1 über fünfzig Meter in die Tiefe gestürzt.

# RÜBEZAHL

Wie immer um diese Zeit schlurfte der alte Erdmann über den Marktplatz in Richtung des ehemaligen Schulgeländes. Sein klappriges Fahrrad mit dem geschwungenen Lenker, an dem links und rechts Plastik-Einkaufstüten hingen, schob er neben sich her. Wie immer hatte er den breitkrempigen Hut tief ins sein wettergegerbtes Gesicht gezogen, von dem wegen seinem langen roten Bart und seiner wuchtigen Mähne fast nichts zu erkennen war. Wie immer trug er die gleichen verwaschenen Sachen, drehte sich beim Gehen zuweilen nach links oder rechts, gestikulierte mit den Armen und redete unverständliches Zeug. Mitunter hörte man ihn mit heißerer Fistelstimme rufen: „Urs, lass das bitte", oder „Hugo, geh aus dem Weg", und „Jakob, komm da runter." Der Alte war deshalb im ganzen Ort als verschrobener Spinner verschrien. Die Leute gingen ihm aus dem Weg, obwohl er ansonsten nie in irgendeiner Weise auffällig geworden war oder jemanden belästigt hatte. Nur die Kinder rannten zuweilen hinter ihm her, um ihm nachzurufen: „Rübezahl, Rübezahl, du Schreckgespenst, komm fang mich mal." Doch Erdmann konnte keiner Fliege etwas zuleide tun.

Oft drehte er sich nach ihnen um, starrte sie für einen kurzen Moment mit finsteren Blicken an, um dann lauthals loszulachen und ihnen ein paar Bonbons zu schenken, bevor er sich auf den Weg nach Hause machte.

Doch er hatte eigentlich kein Zuhause, zumindest kein richtiges. Irgendwie tat er mir leid, da er niemanden hatte und sich keiner um ihn kümmerte. Erdmann war ein Einzelgänger, der im Anbau des alten Schulgebäudes hauste, der nach dem verheerenden Schulhausbrand vor langen Jahren halbwegs von den Flammen verschont geblieben war. Erdmann verließ seine Behausung jeden Morgen zur selben Zeit und hielt sich tagsüber in der Innenstadt auf. Dort saß er oft stundenlang irgendwo auf dem Boden, den breitkrempigen Hut vor sich abgelegt, und wartete darauf, dass ihm jemand ein paar Münzen hineinwarf. Dann hob der Alte den Kopf und nickte dem Spender zum Dank freundlich zu. Kurz vor Ladenschluss machte er seinen täglichen Einkauf im Lebensmittelmarkt, wenn es dort alles zum halben Preis gab. Noch nie in all den Jahren hatte ich ihn Alkohol einkaufen oder trinken sehen. Erdmann war kein Penner, der sich für das erbettelte Geld billigen Fusel kaufte und zulaufen ließ. Trotz seiner abgetragenen Kleidung wirkte er auch nicht ungepflegt und wusste sich ordentlich zu benehmen.

Als Leiter des Ordnungsamtes hatte ich ihn daher auch all die Jahre stillschweigend in seinem

Domizil auf dem halb verfallenen Schulgelände geduldet, aber jetzt, nachdem die Entscheidung für den Bau eines neuen Einkaufszentrums am Standort der alten Schule gefallen war und die alten Gebäude schon übernächste Woche dem Erdboden gleichgemacht werden sollten, ging das nicht mehr. Ich wollte es Erdmann schon vor Tagen sagen, hatte es aber einfach nicht übers Herz gebracht, obwohl ich schon einem Platz in der Obdachlosenunterkunft für ihn reserviert hatte. Heute würde ich es ihm aber sagen müssen. Mit einem beklemmenden Gefühl im Magen machte ich mich auf den Weg zur alten Schule. Erdmann war gerade dabei, sich sein Abendbrot zuzubereiten, als ich an die Tür klopfte. Der Alte, sichtlich erstaunt über einen Besucher, öffnete mir die Tür.

„Darf ich kurz reinkommen, Herr Erdmann", fragte ich, obwohl das nicht mehr als eine reine Höflichkeitsfloskel war.

Erdmann nickte stumm und deutete mir an, mich auf einen alten Sessel neben dem Fenster zu setzen. „Mach bitte den Platz für den Herrn frei, Urs", sagte er. „Geh meinetwegen nach draußen und reite mit Hugo noch eine Runde über das Gelände. Jakob kann auch mitfliegen." Dann öffnete er kurz die Tür, um die imaginären Gestalten herauszulassen, und sagte zu mir: „Sie müssen entschuldigen, aber Urs hüpft am liebsten stundenlang auf dem Sessel rum. Er ist halt noch ein richtig verspielter kleiner Bär. Ich kriege ihn hier nur weg, wenn er auf Hugo reiten darf."

„Verstehe", gab ich ihm zur Antwort und überlegte krampfhaft dabei, wie ich diesem geistig verwirrten alten Mann meine Botschaft vermitteln sollte. „Ich möchte Sie und ... Ihre Mitbewohner auch gar nicht lange stören."

Ein verschmitztes Grinsen ging dabei über sein Gesicht. „Sie halten mich sicher auch für verrückt, so wie die anderen, die glauben, dass ich Gespenster sehe", kicherte er. „Aber das sind keine Gespenster, mein Herr. Das sind Figuren, ganz lebendige Figuren", schob er nach.

„Echte Figuren, Herr Erdmann?"

„Ja, Figuren, aber das muss ich Ihnen genauer erklären", erwiderte der Alte und drückte mir eine Henkeltasse mit heißem Tee in die Hand, setzte sich auf den einzigen Stuhl neben dem Holztisch und begann zu erzählen. So erfuhr ich, dass er mit seiner Frau und seiner kleinen Tochter vor langen Jahren hier ganz in der Nähe gewohnt hatte. Er sei allerdings die ganze Woche über als Handelsvertreter unterwegs gewesen und nur an den Wochenenden heimgekommen. Seiner kleinen Tochter, die Tiergeschichten so sehr mochte, habe er dann immer etwas zu Lesen mitgebracht. Und eines Abends in einem Hotelzimmer habe er schließlich selbst begonnen, eine Geschichte für seine Tochter zu schreiben. Das Mädchen sei hier in diese Schule gegangen und bei dem schrecklichen Brand damals ums Leben gekommen.

„Von meiner Geschichte hat sie leider nichts mehr mitbekommen, denn die war noch nicht fertig, als das Unglück geschehen ist", sagte er und strich dabei gedankenverloren über ein kleines Büchlein, das vor ihm auf dem Tisch lag und dessen Einband das Bild eines kleinen Braunbären mit Zylinderhut zeigte, der auf einer Eisscholle saß. „Meine Frau hat den Tod unserer Tochter einfach nicht verkraftet und ist einige Jahre später gestorben. Da wusste ich auf einmal nicht mehr, warum oder für wen ich noch weiterleben und arbeiten gehen sollte. Tja, das ging dann auch nicht mehr lange gut. Zuerst wurde mir die Arbeit und dann auch noch die Wohnung gekündigt. Eigentlich wollte ich danach Schluss machen mit meinem Leben, aber dazu war ich dann doch zu feige. Seitdem lebe ich hier, wo meine Tochter gestorben ist und wo ich mich ihr nahe und verbunden fühle. Hier möchte ich auch bis zu meinem letzten Tag bleiben, wenn Sie gestatten, weil ich an diesem Unglücksort wieder zu mir gefunden habe. Hier habe ich auch die Geschichte für meine Tochter zu Ende geschrieben und sie meinem kleinen Mädchen im Himmel immer wieder laut vorgelesen, damit es sie dort oben auch hören kann. Ja, und dann ist es eines Tages passiert", sagte er und starrte mich dabei mit glänzenden Augen an.

„Was meinen Sie denn mit ... passiert?", fragte ich.

„Nun, Sie werden es mir natürlich nicht glauben, aber die Figuren aus meiner Geschichte, sind eines Tages ...", er zögerte kurz und fuhr dann fort, „ja, lebendig sind sie halt geworden, leibhaftig sozusagen ... für mich jedenfalls. Seitdem lebe ich hier mit ihnen zusammen und fühle mich nicht mehr so alleine und verlassen. Natürlich weiß ich auch, dass die Leute mich für verrückt halten, weil ich mit Unsichtbaren rede. Das liegt aber sicher nur daran, dass außer mir noch niemand meine Geschichte gelesen hat und keiner sonst die Figuren kennt. Wenn sie vielleicht sonst jemand gelesen hätte, könnte er sicher meine Figuren auch sehen, oder was meinen Sie?"

Was sollte ich dem Alten auf solche Spinnereien bloß erwidern. Offenbar hatte er an diesem Unglücksort im Laufe der Zeit endgültig den Verstand verloren. Trotzdem musste ich ihm jetzt beibringen, dass seine Tage hier gezählt seien und er langsam Abschied nehmen müsse. Ich bemühte mich zwar, so feinfühlig wie möglich dabei vorzugehen und ihm den Aufenthalt in der Obdachlosenunterkunft schmackhaft zu machen, aber mit jedem Wort von mir versteinerte sich sein Gesichtsausdruck mehr und mehr. Stumm hörte er mir zu, sah mich lange mit seltsam leerem Blick an und fragte schließlich: „Wann sagten Sie, ist es soweit?"

„Erst übernächste Woche, Herr Erdmann. Sie haben also noch genügend Zeit, sich darauf einzustellen. Am nächsten Wochenende, sagen wir Samstag gegen Mittag, komme ich Sie dann abholen und bringe Sie in Ihr neues Zuhause. Es ist wirklich sehr schön dort."

„Nächsten Samstag also", wiederholte er leise und senkte dabei den Kopf, den er aber gleich darauf wieder hob, mir fest in die Augen schaute und erwiderte: „Ich werde nächsten Samstag bereit sein, mein Herr."

Erleichtert darüber, wie gefasst er offensichtlich die für ihn doch unerfreuliche Nachricht aufgenommen hatte, verabschiedete ich mich schließlich von ihm. Als ich zum vereinbarten Termin wieder erschien, stand die Tür halb offen. „Hallo Herr Erdmann, ich bin´s", rief ich und trat ein. Der Alte saß im Sessel und hielt das Buch mit seiner Geschichte in den Händen. Er war merkwürdig bleich. „Ist Ihnen nicht gut, Herr Erdmann?", fragte ich und berührte ihn an der Schulter. Ohne einen Laut sackte er im Sessel zusammen. Das Buch fiel dabei zu Boden. Der Alte war tot, und das möglicherweise schon seit Tagen. Nachdem ich mich vom ersten Schock wieder etwas erholt hatte, verständigte ich die Polizei und einen Arzt. Das Buch hob ich instinktiv auf und steckte es in meine Jackentasche. Nachdem alles Nötige veranlasst war, verließ ich mit einem starken Gefühl von Wehmut diesen traurigen Ort.

Es verging noch einige Zeit, bis alle Formalitäten für Erdmanns anonyme Beerdigung auf unserem Friedhof abgeschlossen waren. Am Tag vor dem Beerdigungstermin fiel mir sein Buch wieder ein. Ich wollte es in einer Plastikfolie verschweißen und ihm ins Grab legen, aber die Neugier, was der Alte da geschrieben haben mochte, ließ mir keine Ruhe, und so begann ich, Erdmanns Geschichte zu lesen. ´Urs der Zauberbär´ hieß sie und handelte von einem kleinen Braunbären, der eines Tages auf wundersame Weiße in einen schneeweißen Bären verwandelt und daraufhin von seiner Mutter verjagt wurde. Auf seiner Flucht aus dem Zoo erlebte er die tollsten Abenteuer in einem kleinen Wanderzirkus und bei den Eisbären am Nordpol, bis er schließlich wieder nach Hause zurückfand. Eine zauberhafte Geschichte, bei der neben dem kleinen Bären auch ein Esel namens Hugo, ein Hund namens Streuner und ein Rabe namens Jakob eine Rolle spielten. Das also waren die unsichtbaren Figuren, mit denen sich der Alte immer unterhalten hatte. Beinahe schämte ich mich jetzt dafür, den alten Erdmann wie alle anderen auch als einfältigen Spinner eingestuft zu haben. Seine Fantasiefiguren waren jedenfalls so lebendig dargestellt, dass auch ich sie mir leibhaft vorstellen konnte.

Bei der Beerdigung am nächsten Tag war außer dem Pfarrer und mir niemand dabei. So stand ich nach der kurzen Grabrede schließlich allein am offenen Grab und warf einen kleinen Strauß Nelken in die ausgehobene Grube. Ich brachte es jedoch nicht fertig, auch das in Folie verschweißte Buch ins Grab zu werfen. „Du hast hoffentlich nichts dagegen, alter Erdmann, wenn ich es an mich nehme und so für die Nachwelt erhalte", flüsterte ich leise, steckte das Buch wieder ein und drehte mich in Richtung Friedhofsausgang um.

„Oh, Papa Erdmann hätte bestimmt nichts dagegen. Im Gegenteil, darüber würde er sich bestimmt sehr freuen", hörte ich die krächzende Stimme eines Raben, der mit elegantem Flügelschlag gerade auf einem grauen Esel landete und zustimmend mit dem Kopf nickte. Ein kleiner Braunbär hielt den Esel an der Leine und schniefte leise: „ Mein Papa ist tot, nicht wahr? Aber wo sollen wir denn jetzt hin, so ganz alleine, ohne ihn?"

Mir war plötzlich, als würde ich das alles träumen. „Du bist ganz bestimmt der Urs?", kam mir unbewusst über die Lippen. Der kleine Bär nickte. „Ja, und das hier sind Hugo und Jakob."

„Ja, ich weiß", erwiderte ich, „ich kenne eure Geschichte, und wenn ihr wollt, dürft ihr mit zu mir nach Hause kommen."

# SCHLAFLOS

Wie so oft in den schlaflosen Nächten seit Iris Tod lag er mit den Fotoalben im Bett und ließ seinen Erinnerungen freien Lauf. Iris war seine große Liebe gewesen, in die er sich auf den ersten Blick spontan verliebt hatte. Bei ihr sei es das Gleiche gewesen, hatte sie ihm später einmal versichert. Doch ein Schatten trübte ihre Beziehung leider schon früh, denn sie war krankhaft eifersüchtig. Jedenfalls wachte sie mit Argusaugen über ihn und wehe, er wagte es, einem anderen Mädchen nachzublicken. Ihre unendlich traurigen Blicke, die ihn dann trafen, konnte er einfach nicht ertragen und daher gewöhnte er sich im Laufe der Zeit an, das weibliche Geschlecht allenfalls aus den Augenwinkeln zu betrachten, zumindest in ihrem Beisein. Seine Mutter, der er einmal sein Leid geklagt hatte, lachte nur und versuchte ihn zu trösten. „Warte erst mal ab, bis ihr verheiratet seid, denn wenn der Fisch im Netz zappelt, misst ihm der Angler nicht mehr so große Aufmerksamkeit bei wie vor dem Fang."

Bereits drei Monate später feierten sie Hochzeit. Es war eine tolle Hochzeitsfeier, die ihr Erspartes restlos verschlang, sodass sie ihren großen Traum von einer Hochzeitsreise nach Südamerika freiwillig aufgegeben hatten. Umso größer war ihre Freude, als ihnen als Hochzeitsgeschenk eine zweiwöchige Flugreise nach Rio de Janeiro mit Aufenthalt in einem luxuriösen Hotel in der Nähe der Copacabana beschert wurde. Es war eine echte Traumreise. Sie schwebten beide im siebten Himmel, und er würdigte die hübschen Brasilianerinnen mit ihren traumhaften Figuren mit keinem Blick, zumindest die ersten Tage nicht. Doch dann: Iris tummelte sich alleine im Wasser, während er auf der Strandliege schlief, als ihn ein sanfter Klaps auf die Brust plötzlich aufschrecken ließ. Vor ihm stand eine kaffeebraune Schönheit mit einem Ball in der Hand, die ihm zu verstehen gab, dass er mit ihr und ihren Freundinnen doch etwas mitspielen solle. So kam es zu einem deutsch-brasilianischen Beachvolleyball-Spektakel, an dem alle ihren Spaß hatten ... bis Iris plötzlich vor ihm stand und ihm hasserfüllt in die Augen starrte, Blicke voller Wut und Zorn, die ihn förmlich zu durchdringen schienen. Kleinlaut ließ er den Ball fallen und schlich wie ein geprügelter Hund hinter Iris her, die wortlos ihre Sachen zusammenpackte und, ohne ihn eines Blickes zu würdigen, den Strand in Richtung Hotel verließ. Erst im Hotelzimmer brach sie ihr Schweigen.

„Wenn du dich mit anderen amüsieren möchtest, dann hättest du mich nicht zu heiraten brauchen. Du liebst mich nicht wirklich", schluchzte sie.

„Aber ich wollte mich doch nur ein bisschen bewegen. Ich würde doch niemals ...". Unbewusst stoppte er mitten im Satz.

„Warum sprichst du nicht weiter? Gib doch zu, dass du mich betrügen wolltest."

Er war wie vor den Kopf geschlagen. „Wie kannst du nur so etwas denken, es käme mir nie in den Sinn, dich zu betrügen."

„Dann schwöre es mir."

Er schüttelte den Kopf und seufzte. „Aber das habe ich doch schon getan, ich meine bei der Trauung, bis dass der Tod uns scheidet. "

„Na schön, dann kannst du es ja jetzt problemlos nochmals tun."

„Was tun, Iris?"

„Na schwören, hier und jetzt."

Er war über ihr völlig überzogenes Misstrauen maßlos enttäuscht. „Erwartest du das wirklich von mir?"

„Ich bestehe sogar darauf!"

Nur um des lieben Frieden Willen tat er ihr den Gefallen, aber damit hatte ihre Beziehung bereits den ersten tieferen Riss erlitten, der sich im Laufe der Jahre zu einem massiven Bruch ausweiten sollte. Iris verfolgte fortan argwöhnisch jeden seiner Schritte und kontrollierte sogar heimlich seine Anrufe. Sie zerstörte so ihre Liebe jeden Tag ein bisschen mehr, bis er es einfach nicht mehr aushalten konnte und ihr eines Tages eröffnete, dass er sich von ihr trennen wolle.

Iris schien der Schlag zu treffen. Kreidebleich stammelte sie: „Das glaube ich jetzt nicht. Du hast also doch eine andere."

„Nein, das habe ich nicht, ich ertrage aber dein Misstrauen einfach nicht länger. Ich fühle mich bei dir eingeengt wie in einem Gefängnis."

„Wie in einem Gefängnis", wiederholte sie mit ausdrucksstarren Blicken immer wieder. „Und wie soll es jetzt mit uns weitergehen?"

„Ich werde mir ein kleines Appartement in der Innenstadt mieten, vorerst jedenfalls, und dann …"

„Und dann? Was dann, sag mir, was dann?"

Er zuckte mit den Achseln. „Ich weiß es selber nicht, ich weiß nur, dass es so nicht weitergehen kann."

„Du bleibst gefälligst hier", herrschte sie ihn an.

„Nein, Iris, ich werde gehen, es fällt mir zwar schwer, aber gerade mit deiner letzten Bemerkung hast du das Band zwischen uns endgültig zerschnitten."

„Dann fahr doch meinetwegen zur Hölle", schrie sie ihn an und machte auf dem Absatz kehrt. Sie schnappte sich wutentbrannt ihre Jacke und den Autoschlüssel, verließ die Wohnung und warf die Tür laut scheppernd ins Schloss. Dann hörte er den Motor ihres Wagens laut aufheulen und das Fahrzeug sich mit quietschenden Reifen rasch entfernen.

*Vielleicht ist es besser so*, dachte er, *jetzt kann sie erst mal alleine über alles nachdenken, und wenn sie zurückkommt ..., vielleicht nur eine Trennung auf Zeit?* Doch Iris kam nicht zurück, nicht nach einer Stunde, nicht nach zwei Stunden und auch nicht nach drei Stunden. Er wurde immer unruhiger und fing an, sich heftige Vorwürfe zu machen. *Du hättest es ihr einfach schonender beibringen müssen, aber bloß wie?,* sinnierte er, als es plötzlich an der Tür klingelte.

Zwei Polizisten standen vor der Tür. „Sind Sie Herr Freymann?", fragten sie.

Eine schreckliche Vorahnung beschlich ihn. „Was ist passiert?", stammelte er.

Einer der Polizisten sagte: „Ihre Frau hatte einen schweren Unfall und ...".

„Was ist mit ihr? Ist sie verletzt, oder gar ...?" Er wagte nicht, den Satz zu Ende zu sprechen, doch ein stummes Nicken bestätigte seine schlimmsten Erwartungen.

„Kommen Sie bitte mit, Sie müssen sie identifizieren."

Iris war auf einer Landstraße mit dem Wagen von der Fahrbahn abgekommen und mit hoher Geschwindigkeit gegen einen Baum geprallt. Sie müsse auf der Stelle tot gewesen sein, versicherte ihm der Notarzt. Seither ließen ihn Schuldgefühle nicht mehr los. Nachts lag er noch Monate später oft stundenlang im Bett und wünschte sich nichts mehr, als alles ungeschehen machen zu können. Die Schuldgefühle waren unauslöschlich in sein Gehirn eingebrannt und drohten ihm fast den Verstand zu rauben.

„Bitte verzeih mir, mein Schatz, wo auch immer du jetzt sein magst. Ich habe dich sehr geliebt und hätte mich dir gegenüber ganz anders verhalten müssen", brach es eines Nachts aus ihm heraus.

Plötzlich glaubte er, ihre Stimme neben sich zu hören. Ein Schauer lief ihm über den Rücken, als er den Kopf langsam zur Seite drehte. Tatsächlich, Iris lag neben ihm in ihrem Bett, wie immer. Nein, nicht wie immer. Dieses lichtdurchflutete Wesen neben ihm hatte zwar einen Körper, nur, er schien durchsichtig zu sein, und seine Hände, die sie berühren wollten, griffen ins Leere.

„Ich glaube, ich spinne, bist du … etwa ein G… Geist?", stammelte er kaum hörbar.

Sie nickte und kicherte fast wie ein kleines Kind dabei. Ihre Augen strahlten eine unbeschreibliche Liebe und Wärme aus, die ihn tief in seinem Inneren berührten und erfüllten, so wie er es nie zuvor verspürt hatte.

„Dann gibt es das also wirklich ein Leben nach dem ..." Er unterbrach sich selbst, weil er als Realist eigentlich nur an das glaubte, was er sehen oder hören konnte. Aber das hier, das war keine Illusion.

Wieder nur ein stummes Nicken dieser Lichtgestalt in Form seiner verstorbenen Frau, die ihm, ohne Worte dafür zu verwenden, vermittelte, dass sie ihm schon lange verziehen habe. Es sei tatsächlich ein Unfall gewesen, in jener verhängnisvollen Nacht, und keineswegs Selbstmord, wie er insgeheim befürchtet hatte. Ein Lächeln von ihr signalisierte ihm, dass sie um seine schrecklichen Gedanken wusste. Ob sie etwa Gedanken lesen konnte? Wieder traf ihn ihr warmherziger Blick, der auch letzte Zweifel in ihm zerstreute. Doch die Botschaft ohne Worte, die sie ihm dann zuteilwerden ließ, brachte seinen Glauben gleich wieder ins Wanken. Er solle die neue Kollegin, mit der er sich das Büro seit etwa einem halben Jahr teilte, doch am kommenden Wochenende mal zu einem Ausflug einladen, meinte Iris.

Er starrte sie entgeistert an. „Ich soll ... das ist doch wohl nicht dein Ernst? Gerade du mit deiner grenzenlosen Eifersucht, der wir letztlich alle beide zum Opfer gefallen sind."

„Gerade deswegen", wurde ihm vermittelt. „Ich habe damit einen großen Fehler begangen, den es wieder gutzumachen gilt. Nicht du musst mich, sondern ich muss dich um Verzeihung bitten für meine grundlose Eifersucht. Du sollst dir keine Vorwürfe mehr machen und dein Leben endlich neu ausrichten, ohne mich, und ich weiß genau, dass sie die Richtige für dich ist."

„Die Richtige für mich? Woher willst du denn das wissen?", fragte er.

Nur ein vielsagender Blick aus ihren Augen als Antwort, und dann: „Glaub mir, ihr beiden seid füreinander bestimmt, und ich werde alles dafür tun, dass diese Bestimmung in Erfüllung geht und du wieder glücklich wirst. Nur dann kann ich mit meiner Schuld abschließen. Lade sie ein an unseren kleinen See, an dem wir beide uns damals nähergekommen sind. Ich werde bei euch sein."

„Du meinst damit doch nicht etwa einen Ausflug zu dritt, mit dir als … Poltergeist. Ich glaube kaum, dass das meiner Kollegin, sie ist wirklich sehr nett, gefallen würde, wenn ich mich mit einer Unsichtbaren unterhalten würde", erwiderte er.

„Du sollst dich ja auch nicht mir, sondern mit ihr unterhalten und … na ja, du weißt schon. Nutze deine Chancen, glaub mir, du hast wirklich sehr große Chancen bei ihr, und, wenn es wirklich sein muss, dann helfe ich halt ein bisschen bei euch nach."

Er musste lauthals lachen, sprang mit einem Satz aus dem Bett und warf einen Blick durchs Fenster. „Weißt du, Iris, dass ich zum ersten mal seit langer Zeit wieder so richtig lachen konnte, aber was glaubst denn du, wenn ich das, was mir gerade widerfährt, weitererzählen würde, dann würden sie mich doch garantiert in eine Klapsmühle stecken. Meinst du nicht auch, mein Schatz", fragte er und drehte sich nach ihr um. Doch außer ihm war niemand im Zimmer.

# ICH MÖCHTE MIT DIR ZU DEN STERNEN FLIEGEN

„Nur ein kleines bisschen ausruhen, bevor es weitergeht", murmelte er und setzte sich auf der Parkbank neben dem Abfallbehälter nieder, den er gerade vergeblich durchwühlt hatte. Alle Glieder schmerzten ihm und jeder Schritt fiel ihm schwer. Eine Arthrose hatte sich im Laufe der Zeit in fast alle seine Gelenke eingeschlichen, und sie hatte viel Zeit dazu gehabt, verdammt viel Zeit sogar. Noch mehr Sorgen bereiteten ihm aber die heftigen Schmerzen im Bereich des Brustkorbs, die bis in seinen linken Arm ausstrahlten. Vermutlich das Herz, aber er ging dennoch nicht zum Arzt, weil der ihm bestimmt absolute Ruhe und Schonung verordnen oder ihn gar ins Krankenhaus einweisen würde. „Sie müssen in Ihrem hohen Alter einfach kürzer treten und viel mehr auf Ihre Gesundheit achten, Herr Gutmann", würde der bestimmt zu ihm sagen. Aber das ging auf gar keinen Fall, weil Elisabeth seine Unterstützung dringend brauchte. In ein paar Wochen würde er die Achtundachtzig voll machen, so Gott will. Eine Schnapszahl, aber bei weitem kein Grund zum Feiern für ihn. Am liebsten wäre es mir, wenn mich der liebe Gott endlich zu sich rufen und mich erlösen würde, dachte er, um den Gedanken schnell wieder zu verwerfen. „Aber so darfst du nicht denken, Ernst, denn Elisabeth braucht dich noch", murmelte er. Seine Frau litt seit Jahren unter Demenz und war mittlerweile ein Pflegefall. Er alleine betreute und versorgte sie und kümmerte sich auch um den kleinen Haushalt, weil sie sich fremde Hilfe nicht leisten konnten. Noch war es daher nicht möglich für ihn, an ein Ende zu denken.

Er hob den Blick Richtung Himmel und flüsterte kaum hörbar: „Lieber Gott, du weißt ja, dass ich Kirchengebeten nie besonders viel abgewinnen konnte. Bitte verzeih mir, dass ich daher mit dir jetzt einfach mal so reden möchte, wie es mir gerade in den Sinn kommt. Von Mann zu Mann sozusagen. Bitte vergiss auch meine dummen Gedanken von eben, denn ich möchte ja weiterhin für sie da sein, mich um sie kümmern und sie versorgen, bis zu ihrer letzten Stunde. Ich darf gar nicht daran denken, wie das sein wird, hier unten ohne sie. Aber vielleicht könntest du es ja so einrichten, dass ich gleich mit ihr mitgehen kann oder wenigstens nicht allzu lange warten muss, um ihr nachzufolgen, wenn sie sich auf den Weg zu dir macht. Am allerliebsten wäre es mir ja noch am gleichen Tag, denn es wäre schrecklich für mich, hier unten, so ganz ohne sie. Ich könnte den Schmerz und die Trauer um sie nicht ertragen, weil wir doch schon so lange zusammen sind. Warum sollte ich dann auch noch weiter hier unten bleiben, so ganz alleine? Ich hätte keine Aufgabe mehr und ich bin einfach sehr müde von diesem mühevollen Leben, schrecklich müde. Außerdem würde mir ja auch das Geld dafür fehlen, wenn ich mal Hilfe für mich selbst brauchen sollte. Nimm mich deshalb doch bitte gleich nach ihr hoch zu dir, ich meine, falls da oben bei dir noch ein Platz für uns beide frei ist. Ich weiß ja nicht, ob du mir jetzt überhaupt zugehört hast, aber wenn, dann kannst du dir ja vielleicht mal überlegen, ob sich das so einrichten lässt. Nichts für ungut, dass ich dich mit meinen Sorgen belästigt habe, wo es doch weitaus schlimmere Schicksale gibt. Aber jetzt muss ich mich beeilen, damit ich zu ihr nach Hause komme, sie wartet sicher schon auf mich", sagte er und erhob sich.

Schwerfällig schlurfte er weiter zum nächsten Abfallbehälter mit dem alten Rucksack aus den vierziger Jahren auf dem Rücken. In der Kriegs- und Nachkriegszeit war sie damit zu den Bauern aufs Land hamstern gegangen, damit sie ihren vier Kindern und seiner Mutter wenigstens ab und zu ein paar Kartoffeln, etwas Gemüse oder ein paar Eier zum Essen auf den Tisch stellen konnte. Er war damals noch weit weg von Zuhause. 1942 war er als schwer Verwundeter gerade noch rechtzeitig vor der Einkesselung der 6. Armee in Stalingrad ausgeflogen und nach seiner Genesung an die Westfront versetzt worden. Zum Jahresbeginn

1947 durfte er endlich wieder nach Hause zurück-
kehren, nachdem er gegen Kriegsende in Gefangenschaft geraten war. Als ausgebildeter Bäckermeister durfte er sogar die Backstube in einer fran-
zösischen Kaserne führen. So hatte für ihn wenigstens ein paar Monate nach Kriegsende auch der
Hunger endlich ein Ende. Als Kriegsgefangener im
Westen war er zum Glück auch viel früher als die
meisten seiner Kameraden in Russland wieder auf
freiem Fuß. Nach dem Krieg schlug er sich für
einige Zeit als Hilfsarbeiter auf dem Bau durch,
um die Familie zu ernähren. Seine Mutter war bereits gestorben, als er wieder zurückkam, und seine
Kinder waren ihm zum Teil fremd geworden während der Kriegsjahre und der anschließenden Gefangenschaft. Insbesondere die beiden jüngsten
hatten große Probleme mit dem für sie fremden
Mann, zu dem sie in der ersten Zeit sogar Onkel
sagten, weil sie einfach nicht verstehen konnten,
dass er ihr richtiger Vater sein sollte.

Irgendwann fand er wieder Arbeit in seinem
alten Beruf und konnte eine Bäckerei in seiner
Heimatstadt anmieten. Das eigene Haus seines
Vaters mit einer Bäckerei an der Hauptverkehrs-
straße hatte er zwar noch vor Kriegsbeginn übernehmen können, doch kurz vor Kriegsende war es
einem schweren Bombenangriff zum Opfer gefallen. Doch das Geld für ein eigenes Haus mit Backstube und Verkaufsladen bekam er leider nicht
mehr zusammen. Viel Geld gab es daher wegen

der Miete für die Bäckerei und eine kleine Wohnung auch nicht zu verdienen, aber das war ihm auch nicht so wichtig. Hauptsache, es reicht zum Überleben für uns, war sein Motto, zumal seine Frau, die Kinder und er ein bescheidenes Leben gewohnt waren. Wenn wir eine Bäckerei haben, dann sind wir immer zusammen. Außerdem braucht nie wieder jemand von euch zu hungern, hatte er damals zu ihnen gesagt.

Anfangs lief das Geschäft noch ganz gut, aber es waren einfach zu viele Bäckereien, die nach dem Krieg wie Pilze aus dem Boden schossen und sich schon bald gegenseitig Konkurrenz machten. Bis Ende der Sechziger Jahre verdiente er immerhin noch so viel, dass er wenigstens eine Lebensversicherung zur Altersvorsorge für sie beide abschließen konnte. Vom auszuzahlenden Geld wollten sie dann im Alter leben, denn vom geringen Einkommen als Selbstständiger blieb leider nie genug Geld für eine richtige Rentenversicherung übrig. Als die ersten Supermärkte öffneten und immer mehr seiner Stammkunden dorthin abwanderten, weil dort Vieles günstiger angeboten wurde, ging der Umsatz drastisch zurück, obwohl die Backwaren dort bei weitem nicht die Qualität und den Geschmack hatten wie seine. Auch das konnte er noch für ein paar Jahre mit der Auslieferung von Backwaren an Schulen, Krankenhäuser und Gaststätten kompensieren. Trotzdem ließ die Ausbildung der Kinder kein Geld für eine bessere Alterssicherung übrig. Während die beiden ältesten Söhne danach bei einer Versicherung und in der Stadtverwaltung Arbeit fanden, wollte der Jüngste unbedingt Medizin studieren, was sie ihm unter noch größeren finanziellen Einschränkungen tatsächlich auch ermöglichen konnten.

Ihre Tochter Maria war noch während ihrer Schulzeit an den Folgen eines schweren Unfalls verstorben. Seine Frau und er hatten Jahre gebraucht, um darüber wegzukommen. Die drei Söhne hatten es im Laufe der Jahre beruflich alle zu etwas gebracht und ihre eigenen Familien gegründet. Jeder von ihnen hatte sogar ein eigenes Haus und damit etwas, wovon er selbst immer vergeblich geträumt hatte. Doch auch seine stille Hoffnung, bei einem von ihnen wohnen zu können, nachdem er bis weit über siebzig noch in der Bäckerei und sie im Verkaufsladen geschuftet hatten, ging leider nicht in Erfüllung.

Wir haben leider nicht genug Platz für Mama und dich, sonst hätten wir euch natürlich gerne bei uns aufgenommen. Vielleicht später mal, wenn unsere Kinder aus dem Haus sind, hatten sie die Eltern zu vertrösten versucht. Außerdem sind wir tagsüber alle unterwegs, sodass sich auch niemand richtig um euch kümmern könnte, falls es mal notwendig werden sollte. Ihr habt ja zum Glück eine schöne kleine Wohnung, und falls ihr mal Unterstützung brauchen solltet, dann helfen wir euch selbstverständlich, soweit uns das möglich ist. So oder so ähnlich hatte sich jeder von den drei Söhnen ausgedrückt. Dass dahinter letztlich deren Frauen steckten, zu denen sie lange Jahre vergeblich versucht hatten, eine halbwegs gute Beziehung aufzubauen, war unverkennbar. Obwohl er seine Enttäuschung kaum verbergen konnte und spürte, dass es ihr noch mehr zu schaffen machte als ihm, hatte er nur genickt und gesagt: „Macht euch mal keine Sorgen um uns, Mama und ich kommen vorerst noch ganz gut alleine zurecht." Dabei wusste er längst, dass die ausbezahlte Lebensversicherung bereits zum größten Teil aufgebraucht war und nicht mehr lange ausreichen würde, schon gar nicht für sie beide. So hatte er trotz der Altersbeschwerden noch eine Aushilfsstelle als Fahrer angenommen und trug zudem frühmorgens noch Zeitungen aus.

„Du bist einfach schon zu alt, um dich noch jeden Tag so abzurackern, Ernst", hatte sie ihn ermahnt. „Du musst dich unbedingt mehr schonen. Lieber schränken wir uns noch ein kleines bisschen mehr ein. Wie viel Geld von der Lebensversicherung ist denn eigentlich noch übrig?"

Einschränken, bei was denn noch einschränken?, hatte er sich gedacht. Wir haben kein Auto und kein Telefon und können uns auch keine Urlaubsreise leisten. Unsere Möbel sind schon über fünfzig Jahre alt, die Couch fleckig und zerschlissen, und wenn die Waschmaschine kaputt ginge, könnten wir uns auch keine neue kaufen. Lediglich der alte Fernseher, der schon fast zwanzig Jahre auf dem Buckel hat, ist unser einziger Luxus. Auf den möchte ich nicht auch noch verzichten, nur um die monatlichen Gebühren zu sparen. Doch zur Antwort gab er ihr stattdessen: „Das ist wirklich nicht notwendig, mein Schatz. Das Geld reicht allemal für uns beide, mach dir darüber mal bloß keine Sorgen. Außerdem wäre es mir viel zu langweilig, den ganzen Tag nur untätig zu Hause herumzusitzen, damit die alten Knochen noch schneller einrosten", hatte er lachend nachgeschoben, obwohl ihm überhaupt nicht zum Lachen zumute war. So reichte das Geld für seine Frau und ihn noch ein paar Jahre, bis der Hausarzt bei ihr deutliche Anzeichen einer rasch fortschreitenden Demenz feststellte und ihm dringend dazu riet, sie baldmöglichst in eine stationäre Pflegeeinrichtung einweisen zu lassen.

„Ihre Frau wird jeden Tag mehr auf Betreuung und Pflege angewiesen sein. Das können Sie als ihr Ehemann auf Dauer alleine ohnehin nicht leisten, schon gar nicht in Ihrem Alter", hatte er zu ihm gesagt.

„Nein, das möchte ich auf gar keinen Fall. Ich musste schon im Krieg und während meiner Gefangenschaft viele Jahre auf sie verzichten, während sie sich alleine um unsere Familie gekümmert hat. Außerdem haben wir kein Geld für eine Heimunterbringung, Herr Doktor", hatte er erwidert.

„Dann müssen sich halt Ihre Kinder an den Kosten beteiligen, denn dazu sind sie gesetzlich verpflichtet, und falls ihnen das nicht möglich sein sollte, muss Vater Staat die Kosten übernehmen", hatte der ihm erwidert.

„Danke, Herr Doktor, ich werde mit unseren Kindern mal darüber sprechen, falls es nicht mehr anders gehen sollte. Aber fürs Erste will ich mich schon noch selbst um sie kümmern."

„Das kann ich zwar verstehen, aber auf Dauer schaffen Sie das mit Sicherheit nicht", hatte ihm der Arzt darauf erwidert und ihn dann eilig verabschiedet.

So hatte er schweren Herzens seine Nebenbeschäftigung als Aushilfsfahrer aufgeben müssen, weil er dafür bei Bedarf jederzeit kurzfristig zur Verfügung stehen musste. Nur noch das Austragen der Zeitungen zu nachtschlafender Zeit behielt er bei, weil sie zu dieser Zeit noch im Bett lag. Auf seinem Weg durch die Straßen hatte er eines Tages einen Penner beobachtet, der in Abfallbehältern und Mülleimern nach leeren Pfandflaschen suchte. Das könntest du ja frühmorgens beim Zeitungsaustragen auch mal versuchen, hatte er sich gedacht. Und so kam der alte Rucksack aus dem vorigen Jahrhundert wieder zum Einsatz, mit dem er sich seitdem systematisch auf die Suche nach Leergut machte. Doch sehr erfolgreich war er damit nicht, weil andere vor ihm schon alles abgeräumt hatten. Irgendwann hatte ihn ein junger Mann, der ihn wohl schon eine ganze Weile beobachtet hatte, darauf angesprochen. „Darf ich Ihnen mal einen heißen Tipp geben? Das Sammeln von Flaschen ist wesentlich einträchtiger bei Veranstaltungen im Fußballstadion oder in der Sporthalle gleich daneben, weil die allermeisten Zuschauer keinen Bock darauf haben, ihre leeren Flaschen wegen ein paar Cent wieder zurückzubringen. Die drücken sie Ihnen dort gleich reihenweise in die Hand. Allerdings haben das auch schon andere bemerkt. Trotzdem, es lohnt sich auf jeden Fall weit eher als hier. Versuchen Sie es doch einfach mal", hatte er gesagt und ihm eine leere Flasche und obendrein noch zwei Euro in die Hand gedrückt. Doch noch ehe er sich richtig bedanken konnte, war der junge Mann schon um die Ecke verschwunden.

So ging er auch noch bei Veranstaltungen auf Sammeltour, zumindest so lange, wie er sie alleine zu Hause lassen konnte. Aber das ging nur noch relativ kurze Zeit, weil sich ihr Zustand immer mehr verschlechterte. Mal vergaß sie, den Herd nach dem Kochen auszuschalten, mal verließ sie während seiner Abwesenheit einfach die Wohnung und irrte in der Gegend umher, und immer öfter erkannte sie ihn auch nicht mehr, wenn er nach Hause zurückkam. Das alles bereitete ihm ernsthafte Sorgen, und jetzt war auch noch eine heftige Grippeerkrankung bei ihr hinzugekommen. Er hatte daher bei ihrem Hausarzt angerufen und um einen Hausbesuch gebeten, doch der war zu allem

Übel in Urlaub. Sein Vertreter, oder besser gesagt dessen Sprechstundenhilfe, hatte ihm erklärt, wegen der Doppelbelastung könne der Arzt momentan nur in schweren Notfällen vorbeikommen. Dann hatte sie den Hörer gleich wieder aufgelegt, ohne ihm eine Gelegenheit zur Antwort zu geben. In seiner Not hatte er daher in einer Apotheke irgendein Grippemedikament für sie gekauft. Die Apothekerin hatte ihn zwar eindringlich ermahnt, besser mit ihr zum Arzt zu gehen und sich dort etwas verschreiben zu lassen, aber verkauft hatte sie es ihm trotzdem. In den letzten zwei Tagen hatte ihr Zustand sich massiv verschlechtert. Sie sah totenbleich aus. Ihre Wangen waren völlig eingefallen und die Augen lagen tief in den Augenhöhlen.

Gleich morgen früh bestelle ich ein Taxi und fahre mit ihr zum Arzt, ganz egal was es kostet, nahm er sich vor und rappelte sich auf zum nächsten Abfallbehälter. Plötzlich kam ihm das Gedicht von ihr wieder in den Sinn, dass sie vor vielen Jahren geschrieben hatte, als sie wochenlang um sein Leben bangen musste, weil er an einer schweren Lungenentzündung erkrankt war und daran zu sterben drohte. Sie hatte in jungen Jahren viele Gedichte geschrieben, schöne Gedichte, wie er fand, doch irgendwann blieb ihr vor lauter Arbeit als Hausfrau, Mutter und Verkäuferin von Backwaren dafür keine Zeit mehr. Aber in den langen Nächten, die sie damals oft schlaflos an seinem

Krankenbett verbrachte, war es dann entstanden. Es spiegelte ihre Sehnsüchte, Sorgen und Ängste um ihn wieder und wurde deshalb auch zu seinem Lieblingsgedicht, das er irgendwann vom vielen Lesen sogar auswendig aufsagen konnte. Ich möchte mit dir zu den Sternen fliegen, hieß es. Er blieb kurz stehen, überlegte ein paar Sekunden und murmelte es dann im Weitergehen leise vor sich hin.

Ich möchte mit dir zu den Sternen fliegen
mit dir schweben in der Unendlichkeit
meine Angst und den Tod für immer besiegen
Liebe verspüren bis ans Ende der Zeit.

Ich möchte auf Wolken segeln im Wind
geleitet vom ewig strahlenden Licht
zärtlich dich wiegen im Arm wie ein Kind
dich schützen vor allem, was dich zerbricht.

Ich möchte mit dir zum verwunschenen Ort
wo die Seelen für immer zu Hause sind
meine Träume erleben und nie wieder fort
Chören dort lauschen, die hier unhörbar sind.

Seltsam, dass es mir gerade jetzt in den Sinn kommt, dachte er und schlurfte weiter zum nächsten Abfallbehälter. Dort fand er gleich drei leere Pfandflaschen. Zwei davon konnte er problemlos herausfischen, doch die dritte Flasche lag ganz unten im Behälter, so dass er sich tief hinunterbücken musste. Plötzlich durchzuckte ihn ein heftiger Schmerz und kalter Schweiß brach ihm aus. Rückwärts taumelnd fiel er wie vom Blitz getroffen zu Boden und schlug mit dem Hinterkopf auf einen Stein auf. Augenblicklich wurde ihm schwarz vor Augen.

Irgendwann begann sich die Dunkelheit um ihn wieder zu lichten. Aus der Ferne nahm er die Gestalt einer Frau war, die sich ihm rasch näherte. Ihre Umrisse waren von einem Strahlenkranz in wunderschönen Farben umgeben. Erst als sie ein paar Meter vor ihm hielt, erkannte er sie. Es war Elisabeth, seine Frau, die ihm lächelnd ihre Hände entgegenstreckte und ihm bedeutete, aufzustehen. Doch sie sah völlig anders aus als die alte Frau, die er zu Hause in ihrem Bett wähnte. Nicht mehr krank und gebrechlich, sondern genau so, wie er sie in jungen Jahren kennengelernt hatte, eine attraktive und schlanke junge Dame mit rotbraun gelockten Haaren und lustigen Sommersprossen um die Nase.

„Elisabeth, bist du es wirklich? Ich hätte dich beinahe nicht wiedererkannt. Wie bist du denn auf einmal hierher gekommen, du müsstest doch eigentlich zu Hause im Bett liegen", stammelte er. Das kann doch nicht wahr sein. Vielleicht hast du dir bei dem Sturz ja eine Gehirnerschütterung zugezogen und siehst Gespenster, kam ihm plötzlich in den Sinn.

Sie schüttelte lächelnd den Kopf, gerade so, als hätte sie seine Gedanken wahrnehmen können. „Keine Angst, ich bin es wirklich. Wir müssen uns aber jetzt auf den Weg machen."

„Auf den Weg machen? Aber wohin denn, Elisabeth?", fragte er.

Sie lächelte. „Lass uns zu den Sternen fliegen, so, wie es im Gedicht geschrieben steht, das du gerade aufgesagt hast. Jetzt gleich. Maria und viele andere warten schon auf uns."

„Maria? Aber die ist doch schon lange tot", erwiderte er.

Ihr strahlendes Lächeln ließ sie noch schöner und begehrenswerter erscheinen. Sie schüttelte den Kopf: „Nein, Ernst, es gibt keinen Tod, und Maria geht es sehr gut. Sie erwartet uns schon." Dann streckte sie ihm erneut beide Arme entgegen.

Mühelos gelang es ihm, wieder aufzustehen. Seine Schmerzen waren völlig verschwunden und er fühlte sich mit einem Schlag wieder so jung wie in seinen besten Jahren. Arm in Arm machten sie sich auf in Richtung eines strahlend hellen Lichtes, das sie wie magisch anzuziehen schien. Dem Körper des alten Mannes, der reglos hinter ihnen auf dem Boden lag, schenkten sie keine Beachtung mehr.

Etwa drei Wochen später war in der lokalen Zeitung folgende Todesanzeige zu lesen:

*Zur Weggenossenschaft gehören beide Gaben, nicht bloß ein gleiches Ziel, auch gleichen Schritt zu haben.*

*(Friedrich Rückert)*


*Mit großer Trauer und Wehmut im Herzen geben wir den Tod unserer Eltern bekannt. Am gleichen Tag wie unsere Mutter Elisabeth Gutmann, nur kurze Zeit später, ist auch unser Vater Ernst Gutmann verstorben. Es ist uns zumindest ein Trost, dass sie, selbst im Tod noch vereint, auch ihre letzte Reise gemeinsam antreten durften.*


*Auf Wunsch der Verstorbenen fand die Beerdigung im engsten Familienkreis statt.*


*Im Namen aller Angehörigen*

*Dr. Reinhold Gutmann*

# NON STOP INS PARADIES

Irgendwie war mir die Alte suspekt, die an diesem Morgen zu mir ins Reisebüro kam. Sie trug einen altmodischen braunen Stoffmantel, der eigentlich viel zu lang und zu weit für ihre zerbrechliche Figur war. Sie schlurfte mit ihren ausgetretenen Schuhen über den teuren Marmorboden langsam auf mich zu. Unter den Sohlen hörte man es knirschen, vermutlich hatte sich jede Menge Streusalz vom Bürgersteig dort festgesetzt, mit dem sie mir jetzt den ganzen Boden ramponierte. In der Linken trug sie eine Einkaufstasche und an der rechten Hand führte sie einen betagten Zwergpudel an der Leine, der ein rotes Ledermäntelchen trug, das ihn wohl vor Schnee und Kälte schützen sollte. Sein ursprünglich schwarzes Fell war schon ziemlich ergraut und die Pupillen in den Augen nicht mehr zu erkennen. Wahrscheinlich litt er an grauem Star. Ich musterte das merkwürdige Gespann mit wachsendem Unbehagen. Ob ihr der Mantel früher mal gepasst hat und sie im Laufe der Jahre immer dünner geworden ist?, schoss es mir durch den Kopf. Vielleicht hat sie ihn ja auch in einem der Second-Hand-Läden irgendwo in der Stadt erstanden oder von der Kleiderhilfe. Zum Teufel, warum machst du dir darüber überhaupt darüber Gedanken, sagte ich mir, versuch lieber, die Alte so schnell wie möglich wieder loszuwerden. Nein, diese Kundin passte überhaupt nicht zum Image meines Reisebüros, das weltweite exclusive Reisen und Abenteuerurlaube für gut betuchte Kunden anbot und sich damit von den Einheitsangeboten der meisten anderen Anbieter deutlich abhob. Ich hatte mich vor Jahren mit dieser Geschäftsidee selbstständig gemacht, weil ich es einfach satt hatte, Otto Normalverbrauchern tagein tagaus denselben Mist anzubieten, Urlaub in Bayern oder an der Nordsee oder auf Mallorca, aus Standardkatalogen von Standardanbietern. Nein, das war einfach nicht mein Ding. Und weil ich es ganz gut verstand, für mich und meine Freunde individuelle und maßgeschneiderte Trips in die ganze Welt zu arrangieren, war eines Tages die Idee entstanden, mich damit beruflich auf eigene Füße zu stellen. Ob eine Trekkingtour im Himalaja, eine Autosafari durch die Wüste oder einen Robinson-Aufenthalt auf einer unbewohnten Malediveninsel, bei mir gab es einfach alles. ´Kein Reisewunsch bleibt unerfüllt´, so lautete mein Motto. Ich organisierte für meine Kunden die komplette Reise von A bis Z und nahm auf Wunsch auch als Reisebegleiter teil, wobei mir meine Bergführerausbildung und ein Pilotenschein für Motor- und Segelflieger wertvolle Dienste erwiesen. Da man sich mit einem derart exclusiven Angebot nur dort über Wasser halten kann, wo genügend Kunden daran Interesse zeigen und über das notwendige Geld dafür verfügen, war ich vor fast zehn Jahren aus dem Saarland nach München gezogen und hatte ein Büro in der Innenstadt eröffnet, das erstaunlich gut lief. Aber diese Alte hier passte überhaupt nicht in mein Konzept.

„Was kann ich denn für Sie tun?", bemühte ich mich trotzdem, höflich zu der alten Dame zu sein. Meine Absicht war es, sie möglichst schnell wieder loszuwerden. Obwohl ich sie ganz bewusst nicht dazu aufgefordert hatte, setzte sie sich einfach auf den lederbezogenen Stuhl vor mir und nahm ihren dunklen Wollschal vom Kopf. Sie hatte dünne, nach hinten gekämmte graue Haare, die im Nacken mit einer Spange zu einem kleinen Knoten zusammengesteckt waren. Obwohl ihr Gesicht von relativ wenig Falten gezeichnet war, schätzte ich sie schon auf über achtzig.

„Moment bitte, mein Herr", sagte sie und begann in Ihrer Tasche zu wühlen. Sie setzte umständlich ihre Brille auf, öffnete einen Briefumschlag, zog zwei einhundert Euro Scheine heraus und legte sie auf den Tisch. „Hier", sagte sie und schob die Scheine zu mir herüber.

„Und was soll ich damit?", fragte ich etwas konsterniert.

„Ich möchte die Traumreise buchen", antwortete sie.

„Die Traumreise? Welche Traumreise denn? Ich fürchte, Sie sind hier an der falschen Adresse.

Hier gleich um die Ecke ist ein Reisebüro, dort können Sie bestimmt für das Geld eine Reise nach Ihrem Geschmack buchen."

Sie schüttelte energisch ihren Kopf. „Nein, dort war ich ja schon, aber die haben nicht das, was ich suche. Und die beiden Damen dort waren sehr unfreundlich zu mir und haben mich dann zu Ihnen geschickt."

„Zu mir? Das ist ja eine Unverschämtheit", ließ ich meinem Unmut freien Lauf.

„Wieso?", fragte sie und schaute mich ganz erstaunt dabei an. „Die haben mir doch gesagt, dass sie Traumreisen ins Paradies anbieten."

„Traumreisen ins Paradies? Ich verstehe nicht recht. Was meinen Sie denn damit?"

„Na hier", sagte sie und deutete auf ein überdimensionales Plakat im Schaufenster, das die märchenhafte Kulisse einer Karibikinsel mit schneeweißem Strand und Palmen zeigte. „Da steht es doch ganz groß. `Wir fliegen Sie direkt ins Paradies´, und dorthin möchte ich gerne. Ich bin zwar noch nie in meinem Leben geflogen und habe ein bisschen Angst davor, aber es soll ja auch nur ein Hinflug sein, zurück möchten mein Hund Teddy und ich nicht mehr. Hier ist es uns zu kalt, nicht nur das Wetter, nein, auch die Menschen, meine ich damit. Teddy und ich sind zu alt für diese kalte Welt hier. Mein Mann ist schon lange tot und es fällt mir jeden Tag schwerer, für mich und den

Hund zu sorgen. Ich habe keine Verwandten hier. Mein Sohn lebt schon lange mit seiner Familie in Hamburg. Seine Frau mag mich nicht. Er kommt nur einmal im Jahr an Weihnachten für zwei Tage zu mir und das Geld hier ist von ihm. ´Kauf dir etwas Schönes dafür, Mama´, hat er zu mir gesagt, aber was soll eine alte Frau wie ich sich schon Schönes kaufen. Ich habe keine Wünsche mehr, bis ...", sie stockte etwas und fuhr dann fort, „ja, bis auf einen. Ich möchte einfach nicht mehr länger hier bleiben, hier auf der Erde, wo die Menschen so lieblos geworden sind. Ich will endlich zu ihm", sagte sie und kramte aus ihrer Tasche ein vergilbtes Schwarz-Weiß-Foto hervor. „Zu Karl will ich. Karl ist mein Mann, er ist schon über fünfzehn Jahre tot. Seit er nicht mehr da ist, macht das alles keinen Sinn mehr, hier unten. Und daher will ich endlich zu ihm ins Paradies. Er ist bestimmt dort, ich weiß es genau. Wenn ich nachts wach liege, weil ich vor Schmerzen nicht schlafen kann, spreche ich manchmal mit ihm. Er erzählt mir dann, wie es ist, dort oben im Paradies", sagte sie und deutete mit der erhobenen rechten Hand Richtung Decke. „Wunderschön und friedlich ist es dort, sagt er und dass er da oben auf mich wartet. Ich möchte ihn nicht länger warten lassen und Teddy soll auch mit. Und deshalb möchte ich bei Ihnen diese Reise ins Paradies buchen. Falls es mit dem Geld nicht ganz reichen sollte, habe ich noch fünfundsiebzig Euro zu Hause. Die habe ich aber nicht dabei heute." Dann zog sie mich am Ärmel zu sich herüber und flüsterte: „Man soll ja nicht zu viel Geld mit sich herumschleppen, junger Mann. Wegen der Taschendiebe, verstehen Sie."

„Ja, da haben Sie natürlich völlig recht", erwiderte ich. Die schrullige Alte schien mir völlig verwirrt zu sein oder gar schon unter Demenz zu leiden. Aber ihre Geschichte hatte mich dennoch tief bewegt und so etwas wie ein schlechtes Gewissen bei mir ausgelöst, denn auch ich hatte meine Mutter vor Jahren zu Hause allein zurückgelassen und mich wegen des Geschäftes und der vielen Reisen kaum mehr um sie gekümmert. Vor drei Jahren starb sie dann ganz allein in ihrer Wohnung, während ich in Südamerika war. Ich hatte im Laufe der Zeit zwar gelernt, mit meinem schlechten Gewissen umzugehen und das alles längst wieder verdrängt, aber diese Alte hier hatte die nie so richtig verheilende Wunde in mir wieder aufgestoßen.

„Wissen Sie was, gnädige Frau", sagte ich zu ihr. „Ich glaube, das mit einer Flugreise für zweihundert Euro ließe sich schon einrichten. Wir könnten allerdings nicht so weit fliegen damit, aber der Himmel ist schließlich direkt über uns und dort oben ist es überall paradiesisch schön. Wenn Sie wollen, könnten wir beide am Wochenende einen richtigen Traumflug zusammen machen. Ich zeige Ihnen dann mal, wie die Welt von oben aussieht. Sie sieht wunderschön aus, wenn man vom Himmel aus auf sie herunterblickt. Ich hoffe, Sie haben keine Angst mit mir als Piloten."

„Ja, das glaube ich, wenn man sie vom Himmel aus betrachten kann, ist sie sicher wunderschön", erwiderte sie. „Nein, ich habe bei Ihnen keine Angst. Sie sind sehr nett zu mir, aber mein Teddy hier muss auch mit."

„Klar, für Teddy finden wir sicher auch noch einen Platz", sagte ich. „Geben Sie mir bitte Ihre Adresse, ich hole Sie dann am Samstagnachmittag ab, sagen wir so gegen fünfzehn Uhr. Ist Ihnen das recht?"

„Aber ja, junger Mann. Ich freue mich sehr, dass Sie mir diesen Wunsch erfüllen." Dann schrieb sie mir mit zittriger Hand Ihre Adresse auf und sagte: „So Teddy, gib dem jungen Mann das Pfötchen zum Abschied und dann gehen wir beide wieder nach Hause." Der Pudel gehorchte tatsächlich, setzte sich auf die Hinterbeine und streckte die rechte Pfote nach oben. Ich musste über den drolligen kleinen Kerl lachen, ergriff mit der rechten Hand seine Pfote und streichelte ihm mit der Linken über den Kopf.

„Du bist ein braver Hund, Teddy, pass gut auf dein Frauchen auf. Warten Sie bitte, ich bringe Sie noch zur Tür", sagte ich zu der Alten und begleitete sie hinaus. Sie bedankte sich noch einmal überschwänglich bei mir und trottete dann mit ihrem Hund davon.

Na, da hast du dir aber etwas Schönes einge-
brockt, sagte ich zu mir selbst. Um deine eigene
Mutter hast du dich nicht genug gekümmert und
versuchst das jetzt an einer anderen wieder gut zu
machen. Eigentlich hatte ich mir für das nächste
Wochenende fest vorgenommen, die Küche neu zu
streichen, aber das konnte ich jetzt vergessen. Auf
der anderen Seite war ich schon eine ganze Weile
nicht mehr geflogen und hätte eh in nächster Zeit
wieder ein paar Flugstunden absolvieren müssen.
Ich würde also mit der Alten einen Flug über die
Alpen machen und sie dann wieder zu Hause ab-
setzen. Vielleicht, so erhoffte ich mir, kannst du ja
damit neue Lebensgeister bei ihr wecken.

Am Wochenende holte ich meinen Schützling
wie vereinbart an der angegebenen Adresse ab.
Kurz nach drei Uhr nachmittags hielt ich vor dem
Haus, wo sie wohnte. Eine schäbige Gegend, in
der ich bisher noch nie war. Die Alte stand schon
abholbereit da. Diesmal hatte sie einen schicken
schwarzen Mantel an und trug ein modisches Hütchen auf dem Kopf. Ihren Hals zierte eine Perlen-
kette. Sie hatte sich offensichtlich für ihren großen
Tag in Schale geworfen. Auch der Hund, dessen
Fell beim Besuch im Reisebüro etwas verfilzt aus-
gesehen hatte, war ordentlich geschoren.

„Mein Kompliment, sie sehen aber beide sehr
schick aus", begrüßte ich sie und half ihr auf den
Beifahrersitz. Den Hund wollte ich nach hinten
verfrachten, aber sie bestand darauf, dass er auf

ihrem Schoß sitzen durfte. Etwa nach einer halben Stunde, indem sie mir pausenlos von sich und ihrem Hund erzählte, kamen wir am Flugplatz an. Es kostete mich einige Mühe, die alte Dame mit Hund auf dem Rücksitz meines Zweisitzers zu verfrachten, dann warf ich den Motor an und begab mich auf Startposition. „So, jetzt geht es gleich los. Keine Angst, wenn wir abheben und es Ihnen dabei etwas mulmig werden sollte. Das legt sich schnell wieder und dann können Sie Ihre Traumreise voll und ganz genießen."

„Na, dann legen Sie mal los, junger Mann. Teddy und ich sind jedenfalls bereit, nicht wahr Teddy?", erwiderte sie.

Nach der Starterlaubnis versuchte ich, den Vogel so sanft wie möglich in die Höhe zu bringen und vermied akrobatische Kunststückchen, die ich mir ansonsten bei meinen Flügen durchaus gerne mal gönne. Zum Glück hatten wir einen strahlend sonnigen Wintertag erwischt. Unter uns lag die herrliche schneebedeckte Voralpenlandschaft und vor uns waren bereits die Alpengipfel zu sehen.

„Wunderbar, einfach wunderbar. Es ist noch viel, viel schöner, als ich es mir vorgestellt habe", hörte ich meine Flugbegleiterin hinter mir. „Nicht wahr, Teddy, dir gefällt es doch auch."

„Es freut mich, dass es ihnen beiden gefällt", sagte ich. „Keine Angst, wenn ich langsam etwas höher steige, aber um über die Alpen zu kommen, müssen wir schon noch etwas an Höhe gewinnen."

„In Ordnung, junger Mann, Sie wissen ja, wo ich hin will", erwiderte die Alte kichernd.

„Haben Sie bitte Verständnis, wenn ich mich mit Ihnen nicht weiter unterhalten kann. Ich muss mich jetzt auf den Flug konzentrieren und Funkkontakt halten", sagte ich und begann demonstrativ, die Kopfhörer aufzusetzen, weil ich wenigstens beim Flug meine Ruhe vor ihr haben wollte.

„Keine Sorge, ich werde mucksmäuschenstill sein und den Flug genießen", erwiderte sie.

Ich hatte mir für den Flug mit ihr eine besonders schöne Route ausgesucht, bei der es viel zu sehen gab. Nach der Landung würde ich mit ihr in der Flugplatzgaststätte noch eine Tasse Kaffee trinken und sie dann wieder nach Hause bringen, hatte ich mir vorgenommen. Ich genoss die klare Sicht auf die Alpenkämme und hing meinen Gedanken nach. Meinen Fluggast hätte ich dabei fast vergessen. Sie verhielt sich auch sehr ruhig und genoss wohl die phantastische Aussicht. Als ich mich zu ihr nach hinten drehte, musste ich grinsen. Die Alte hatte den Kopf ans Seitenfenster gelehnt und das Hütchen war ihr ins Gesicht gerutscht. Sie war anscheinend bei ihrer Traumreise eingeschlafen. Nur der Hund lag völlig verängstigt neben ihr und winselte leise vor sich hin. Na, den Aufwand hättest du dir sparen können, dachte ich mir, du opferst hier wegen dieser Frau dein Wochenende und schipperst mit ihr durch die Lüfte, während sie selig vor sich hinschlummert. Kurz entschlossen trat ich den Rückflug an und setzte eine halbe Stunde später wieder zur Landung an.

„So, da wären wir wieder sicher auf der Erde zurück", sagte ich, nachdem ich die Tür geöffnet hatte, um ihr beim Aussteigen zu helfen. „Hat es Ihnen denn auch gefallen?" Doch die Alte gab mir keine Antwort. Offenbar schlief sie noch immer. „Hallo, aufwachen, wir sind wieder zurück", rief ich und rüttelte sie sanft an der Schulter, worauf sie in ihrem Sitz förmlich zusammensackte. „Um Himmels Willen, was ist denn mit Ihnen? Ist Ihnen schlecht?", stotterte ich und rannte gleich los, um einen Rettungswagen zu alarmieren. Der Notarzt konnte nur noch ihren Tod feststellen.

„Herzstillstand", sagte er, „sie ist einen schnellen und schönen Tod gestorben. Wo wollte die alte Dame denn eigentlich hinfliegen?"

Ich war wie vor den Kopf geschlagen und brachte keinen Ton heraus. Der Arzt wiederholte seine Frage noch einmal. „Eine Traumreise wollte sie machen", erwiderte ich.

„Ja, aber wohin denn?"

Ich zuckte mit den Schultern. „Sie hat nur gesagt, dass sie ins Paradies will. Und da habe ich ... ich meine, ich wollte ihr ...", stotterte ich vor mich hin.

Der Arzt sah mich lange erstaunt an. „Ins Paradies, sagten Sie?"

Ich nickte stumm. Sein Blick ging zu der Alten, dann wieder zurück zu mir.

„Ich glaube, dort ist sie gerade eben angekommen", erwiderte er. Dann sah er den kleinen Pudel, der völlig verängstigt im hintersten Winkel der Maschine kauerte und am ganzen Leib zitterte. „Was ist mit dem Hund?", fragte er. „Gehört er zu der alten Dame?"

Ich nickte stumm.

„Was wollen Sie denn mit ihm machen?"

Ich zuckte mit den Schultern. „Ich werde ihn wohl ins Tierheim bringen müssen."

„Ins Tierheim? Wissen Sie, was das bedeutet, für den Hund meine ich?"

„Ich weiß nicht, was Sie damit sagen wollen", erwiderte ich.

„Glauben Sie etwa, dass ein Hund in diesem Alter noch vermittelbar ist, dazu noch nach den Feiertagen, wo viele zu Weihnachten verschenkte Tiere dort landen? Die Heime sind doch völlig überfüllt. Man wird ihn wohl einschläfern, aber dann ist der arme Kerl wenigstens wieder mit seinem Frauchen vereint."

Ich zögerte ein paar Sekunden, dann ergriff ich den Hund, der sich ängstlich vor mir duckte und mich winselnd mit seinen großen trüben Augen anblickte. „Keine Angst, mein Kleiner", sagte ich und strich ihm über den Kopf, „willst du mit zu mir nach Hause kommen?"

# MANNI

Ende der Fünfziger Jahre, ein paar Tage vor Weihnachten. Wir spielten wie immer auf dem Nachhauseweg von der Schule Fußball in einer Seitenstraße. Kein Problem damals, weil nur wenig Autos fuhren. Je zwei Schulranzen, im Abstand von fünf bis sechs Schritten auseinander auf der Straße ausgelegt, dienten als Torbegrenzung. Hans-Jürgen und ich saßen als Auswechselspieler auf dem Bürgersteig, im Saarland noch heute gerne als Trottoir bezeichnet. Letzte Spuren der so genannten Franzosenzeit, als das Saarland nach dem zweiten Weltkrieg zunächst als französische Besatzungszone und danach als Protektorat unter französischem Einfluss bis zur Eingliederung in die Bundesrepublik Deutschland stand.

Hans-Jürgen durfte eigentlich nur mitspielen, weil er als einziger einen Fußball hatte, einen mit Gummiblase und Lederschnürband versehenen braunen Lederball, der schon unzählige Male geflickt war und bei jedem Schuss drohte, den Geist endgültig aufzugeben. Auch ich kam immer nur zum Einsatz, wenn einer von den Guten nicht mehr wollte oder konnte. Umso größer war mein Ehrgeiz, allen zu beweisen, welch ungeahnte fußballerische Qualitäten in mir steckten. Zwar hatte ich einen relativ festen Schuss, doch dafür stand es bei mir in Punkto Ballbeherrschung und Treffsicherheit leider nicht zum Besten. Als ein Mannschaftskamerad schließlich mit verstauchtem Fuß „vom Feld" humpelte, stand meinem Einsatz nichts mehr im Weg, und den wollte ich unbedingt mit dem Siegtreffer krönen. Also schnappte ich meinem Gegenspieler den Ball weg und stürmte mit Macht vors gegnerische Tor. Aus zirka zehn Metern zog ich dann voll ab. Mit einer tollkühnen Parade wehrte der Tormann den Ball zwar zur Seite ab, aber der schlug statt im Tor laut scheppernd in einem alten Sprossenfenster des unscheinbaren kleinen Häuschens ein, in dem ein mürrischer und wortkarger Sonderling namens Manfred hauste, dem alle Leuten aus dem Weg gingen. Kurz nach dem Einschlag stand Manfred mit dem lädierten Ball in der Hand vor der Tür und musterte uns mit bedrohlichen Blicken.

„Wer war das von euch Lümmeln?", fragte er. Kleinlaut hob ich die Hand. „Na, dann geht mal ganz schnell zum Glaser und besorgt mir von eurem Taschengeld eine neue Scheibe. Die Maße habe ich euch aufgeschrieben. Morgen um diese Zeit bringt ihr die Scheibe vorbei, den Ball behalte ich so lange als Pfand", sprach er, drückte mir einen Zettel mit den Maßen in die Hand, machte auf dem Absatz kehrt und war gleich darauf wieder verschwunden. Mühsam kratzten wir unsere letzten Groschen für eine neue Scheibe zusammen. Am anderen Tag machte sich eine Dreierdelegation, bestehend aus Hans-Jürgen als Ballbesitzer, aus mir als dem eigentlichen Übeltäter und aus dem Torwart als Mitverursacher mit neuer Scheibe auf den Weg zu Manfred, der uns schon erwartete.

„Gib mal her, mal sehen, ob sie passt", brummte er. Das tat sie zum Glück. Nachdem er sie mit kleinen Nägeln am Sprossenrahmen fixiert und eingekittet hatte, drückte er uns den Ball, oder besser gesagt, das, was von ihm noch übrig geblieben war, in die Hand. „Hab´ ihn noch zu flicken versucht, aber da war nichts mehr zu machen", sagte er, worauf Hans-Jürgen ins Leid fiel und immer wieder „Mein Ball, mein schöner Ball" schluchzte.

„Hab´ ich befürchtet, wartet mal einen Moment", nuschelte Manfred und war gleich darauf im Nebenzimmer verschwunden. Kurz darauf kam er zurück mit einem Fußball in der Hand. „Hier, den könnt´ ihr haben, ich brauche ihn nicht mehr", sagte er und drückte Hans-Jürgen das Leder in die Hand, der sein Glück überhaupt nicht fassen konnte.

„Wo haben Sie denn den auf einmal her?", fragte ich erstaunt.

In abgehackten Sätzen begann Manfred zu erzählen. „Ist ´ne lange Geschichte. War vor dem Krieg mal aktiver Fußballer. In Kriegsgefangenschaft bei den Franzosen habe ich mal bei einem

Fußballturnier mitgespielt. Als Torschützenkönig durfte ich die Pille behalten. War mein ganzer Stolz. Stecken viele Erinnerungen drin, aber jetzt bin ich einfach zu alt für so einen sentimentalen Kram. Kommt doch an Weihnachten mal alle vorbei, dann erzähle ich euch die Geschichte, und ein paar Tricks mit dem Ball kann ich euch auch noch beibringen."

So viel am Stück hatte Manfred schon lange nicht mehr gesprochen. Seine Einladung ließen wir uns natürlich nicht entgehen. An Weihnachten gab es bei ihm sogar Limonade und selbstgebackte Plätzchen für uns. Wie gebannt verfolgten wir Manfreds Geschichten, die er früher als Fußballer erlebt hatte und bestürmten ihn heftig, uns als Trainer und Betreuer unter seine Fittiche zu nehmen, worauf er sich tatsächlich einließ. Nicht nur das, er verriet uns sogar, dass er auf dem Spiel nicht Manfred, sondern Manni genannt wurde, weil das beim Zurufen auf dem Feld viel kürzer war.

So wurde auch für uns schon bald aus unserem Manfred klammheimlich der Manni, was er schmunzelnd zu überhören pflegte. Eine generationenübergreifende Freundschaft verband uns mit dem Sonderling, der aus uns mit der Zeit eine richtig gute Mannschaft formte und uns so manche fußballerische Straßenschlacht gewinnen ließ. Nicht nur das, im zweiten Jahr unter Mannis Regie gewannen wir sogar die inoffizielle Straßenfußballmeisterschaft in unserem Viertel, worauf der Jubel keine Grenzen kannte und wir ihn wie einen Helden feierten. Obwohl er versuchte, sich nichts anmerken zu lassen, spürten wir, wie stolz er auf seine Zöglinge war und wie sehr er uns ins Herz geschlossen hatte. Nachdem wir die Meisterschaft gebührend bei ihm gefeiert hatten, schickte er uns alle nach Hause: „Ihr braucht erst übernächste Woche wieder zum Training zu kommen", sagte er zum Abschied, was uns überhaupt nicht gefiel.

„Aber warum denn, Manni?", fragte Hans-Jürgen, „ausgerechnet jetzt, wo wir so gut drauf sind."

„Na ja, ein alter Mann ist schließlich kein D-Zug", brummte er in seinen grauen Bart. „Eine kleine Pause werdet ihr mir ja wohl noch gönnen. Hab´s auch ein bisschen mit dem Herzen, in letzter Zeit, aber übernächste Woche geht´s wieder weiter wie gewohnt. Wie immer, zur selben Zeit hier vorm Haus."

Nur widerwillig willigten wir schließlich ein und machten uns auf den Heimweg. Das Ende der Zwangspause konnten wir kaum abwarten und trafen uns zum verabredeten Zeitpunkt vor Mannis Haus. Es kam uns schon etwas merkwürdig vor, dass er nicht wie sonst immer vor dem Haus auf uns wartete. Die Haustür war verschlossen und die alten Klappläden vor den Fenstern verriegelt.

„Vielleicht hat er ja noch irgendwo etwas zu erledigen und kommt etwas später", meinte Norbert. „Lasst uns einfach schon mal ohne ihn anfangen."

„Gute Idee", sagte Klaus. „Ich schlage vor, wir bilden zwei Mannschaften und machen schon mal ein Trainingsspielchen, bis er kommt." Bald darauf war ein munteres Spiel im Gange, begleitet vom üblichen Lärm, der an den Häusern widerhallte.

„Schluss jetzt, hört endlich mit diesem Lärm auf. Habt ihr denn überhaupt keinen Anstand vor einem Toten", befahl uns plötzlich die wohl vertraute Stimme des Gendarms, der seine tägliche Runde durchs Revier machte.

Schlagartig hörten wir auf zu spielen. Eine dunkle Vorahnung beschlich mich. „Entschuldigung, Herr Polizist", stotterte ich verlegen, „ist denn hier jemand gestorben? Wer ist es denn?"

„Sagt bloß, das wisst ihr nicht, Jungs", brummte er. „Es ist der alte Manfred, der hier im Haus alleine wohnt. Drei Tage bin ich an seinem Haus vorbeigegangen, und immer waren die Läden zu. Gestern Nachmittag haben wir uns schließlich Zutritt ins Haus verschafft und ihn tot in seinem Bett gefunden. Niemand aus der Nachbarschaft hat mitbekommen, wann er gestorben ist. So, und jetzt verschwindet schleunigst hier, ohne Lärm zu machen, denn gleich kommt der Leichenwagen vorbei, um ihn abzuholen. Und mit dem Fußballspie-

len hier auf der Straße hat es jetzt ohnehin ein für
alle mal ein Ende."

# DREI RÄTSEL

Mitte der Neunziger. Das Eisenwerk, ein vierhundert Jahre alter, riesiger, Lärm, Feuer und Rauch speiender stählerner Drache mitten im Herzen unserer Stadt, musste vor ein paar Jahren einem großen Einkaufscenter weichen, das seither als Attraktion weit über die Grenzen unserer Region hinaus viele Menschen geradezu magnetisch anzog. In der Adventszeit bot das festlich geschmückte Einkaufsparadies eine fast märchenhaft anmutende Kulisse, ideal, um sich auf Weihnachten einzustimmen. Wie immer in der kalten Jahreszeit machte ich mit Mama einen Sonntagsspaziergang durch die Innenstadt, bei dem auch ein Centerbummel fest eingeplant war. Zum einen, weil Mama es liebte, sich sonntags, wenn die Geschäfte im Center geschlossen hatten, die Auslagen in aller Ruhe betrachten zu können, zum anderen, weil man sich dabei wenigstens ein bisschen aufwärmen konnte. Dem Trubel während der Öffnungszeiten die Woche über konnte sie dagegen nichts abgewinnen. Kein Wunder, wenn man knapp 85 Jahre alt ist und im Rollstuhl sitzt. Sie schämte sich ein bisschen dafür und hasste gut gemeinte Fragen von Nachbarn und Bekannten, die sich nach ihrem Befinden erkundigten, wenn wir unterwegs waren. Sie wollte kein Mitleid, nicht für die schleichende Arthrose, nicht für die zunehmenden Herzbeschwerden und auch nicht für den Krebs in ihr, den man ein paar Jahre zuvor entdeckt hatte. Die Operation damals hatte sie zwar relativ gut überstanden, aber die anschließenden Bestrahlungen setzten ihr derart zu, dass sie sich zu weiteren Nachuntersuchungen von niemand mehr bewegen ließ. Weder gutes Zureden noch ernsthafte Ermahnungen vermochten daran etwas zu ändern. Also mussten wir schweren Herzens mit ansehen, wie das Schicksal unabänderlich seinen Lauf zu nehmen begann.

Normalerweise gingen wir immer vormittags spazieren, aber diesmal wollte ich Mama das weihnachtlich geschmückte Center am späten Nachmittag zeigen, wenn es draußen allmählich dunkel wurde und drinnen die Weihnachtsbeleuchtung alles in einem farbenfrohen und stimmungsvollen Lichterglanz erstrahlen ließ. Um ehrlich zu sein, ich musste mich zu den Ausflügen mit Mama immer überwinden, weil ich die Woche über viel um die Ohren hatte und sonntags am liebsten meine Ruhe gehabt hätte. Aber ich wollte ihr wenigstens eine kleine Freude damit machen, zumal mir ansonsten auch das Gewissen keine Ruhe gelassen hätte. Mama schien jedenfalls diese gemeinsamen Ausflüge zu genießen. Wann immer wir unterwegs waren, fielen ihr Geschichten aus der Vergangenheit ein, die immer mit einem obligatorischen „Weißt du noch …“ begannen. Es waren immer die gleichen Geschichten, die ich wohl schon hundertmal von ihr gehört hatte, aber ich ließ sie trotzdem reden und war froh, dass sie meinen verkniffenen Gesichtsausdruck dabei nicht sehen konnte, während ich sie im Rollstuhl vor mir her schob. Obwohl ich mit meinen Gedanken meist ganz wo anders war, flocht ich in die Unterhaltung zwischen Mutter und Sohn, die eher einem Monolog als einem Dialog glich, einfach von Zeit zu Zeit ein „ach ja?“ oder ein „das ist aber interessant“ oder ein „das wusste ich ja gar nicht“ ein. So genossen wir, jeder auf seine Art, unseren sonntäglichen Centerbummel.

„Diesmal ist das Center aber besonders schön geschmückt“, sagte sie, wie auch all die Jahre zuvor.

„Ja, Mama, es ist wirklich sehr schön“, erwiderte ich, wie all die Jahre zuvor, während wir uns allmählich dem Ausgang näherten.

„Danke für den schönen Spaziergang. Schade, dass Papa nicht mehr miterleben konnte, wie sehr sich unsere Stadt durch das Center verändert hat, zum Guten, finde ich“, sagte sie, worauf ich ihr wie immer erwiderte: „Ach Mama, Papa bekommt das von dort oben sicherlich ganz genau so mit wie wir.“

Während Mama sich sonst immer fast wie ein kleines Kind über diese Bemerkung gefreut und mit „glaubst du wirklich?" darauf geantwortet hatte, blieb sie diesmal merkwürdig still.

„Fehlt dir etwas, ist dir nicht gut, Mama?", fragte ich etwas besorgt.

„Nein nein, es ist alles in Ordnung mit mir", erwiderte sie, „ich hoffe nur, dass ich euch nicht mehr allzu lange zur Last fallen werde."

„Was redest du denn da für einen Unsinn, erstens fällst du uns nicht zur Last und zweitens … du wirst garantiert über 100 Jahre alt." Etwas Sinnvolleres fiel mir in diesem Moment nicht dazu ein.

Mama schüttelte den Kopf. „Nein, ganz bestimmt nicht, aber das wollen wir dem lieben Gott im Himmel überlassen", gab sie mir zur Antwort.

Wir verlebten mit ihr und den Kindern zusammen noch ein stimmungsvolles Weihnachtsfest. Am Neujahrstag brach der Krebs erneut bei ihr mit aller Macht aus und ließ sich diesmal nicht mehr aufhalten. Vier Monate später war sie tot. Selbst heute noch, wenn ich zur Adventszeit durchs Center bummele und mich daran erinnere, verspüre ich einen Hauch von Wehmut in mir. Doch ich bin mir ganz sicher, dass sie jetzt an einem Ort ist, wo es hier viel besser geht als hier unten auf der Erde. Weshalb ich so sicher bin? Aus mehreren Gründen. Ich erinnere mich heute noch mit Schrecken an jene Nacht, als sie, vor Todesangst entsetzlich schreiend, um ihr Leben kämpfte, so schrecklich, dass unsere beiden Katzen zwei Stockwerke tiefer in Panik durch die Wohnung rasten. So schrecklich, dass Helga, Rosi und ich es nicht mehr bei ihr aushielten und ihr Schlafzimmer fluchtartig und an allen Gliedern heftig zitternd verließen. Erst am folgenden Tag schlich ich mich um die Mittagszeit, noch immer vor Angst schlotternd, zu ihr nach oben. Eigentlich hatte ich erwartet, sie tot im Bett aufzufinden. Doch stattdessen nickte sie mir mit einem friedlichen Lächeln zu. Sie sah völlig anders aus, richtig gut im Vergleich zu den Wochen vorher. Ich wusste überhaupt nicht, wie ich reagieren sollte, doch Mama kam mir zuvor.

„Ich habe einen Film gesehen", sagte sie.

Einen Film? Das konnte nicht sein, denn im Schlafzimmer hatte sie keinen Fernseher und bis ins Wohnzimmer hätte sie es ohnehin nicht geschafft, in ihrem Zustand in jener grauenvollen Nacht. „Einen Film, Mama, was denn für einen Film?", fragte ich.

„Einen Film von dir, wie du noch ein kleines Kind warst. Der war schön."

Ohne dass ich mir auf diese Antwort einen Reim machen konnte, erwiderte ich: „Das freut mich, Mama." Mehr fiel mir darauf nicht ein.

Zwei Tage später sagte sie unverhofft: „Ich habe mit dem lieben Gott gesprochen."

Ich war völlig perplex. „Mit dem lieben Gott, Mama? Was hat er denn gesagt?" Ich wusste beim besten Willen nicht, wie ich sonst hätte darauf reagieren sollen. Mama gab mir keine Antwort darauf. Leider!

Kurz vor ihrem Tod gab sie mir ein weiteres Rätsel auf, als sie sagte: „Oh Gott, oh Gott, jetzt weiß ich alles."

Ich versuchte diesmal erst gar nicht, sie darauf anzusprechen, weil ich instinktiv spürte, dass Mama, die 1910 geboren ist und infolge des ersten Weltkrieges und der Nachkriegszeit zwangsläufig nur für ein paar Jahre die Schule besuchen konnte, offenbar über Nacht eine Art Erleuchtung erfahren hatte, die ihr selbst das beste akademische Studium nie hätte vermitteln können. Nur ein subjektives Gefühl, nicht mehr. Ich weiß es selbst, und trotzdem habe ich nicht den geringsten Zweifel daran.

Die drei Rätsel hat Mama übrigens als ihr Geheimnis mit ins Grab genommen.

# BRUCHSTÜCKE

Nur kurz fiel mein Blick darauf, als ich, wie so oft, eher planlos an den Bücherregalen in der Stadtbibliothek vorbeischlenderte, auf der Suche nach einem Buch, das mich in irgendeiner Weise anspricht. Kein Problem für einen Querleser, der nach Lust und Laune mal nach einer Biografie über einen Künstler oder Sportler, mal nach einem Sachbuch aus dem Bereich der Technik und mal nach einem Buch über Gorillas oder über Nahtoderfahrungen greift, sollte man meinen. Weit gefehlt, denn bereits seit über fünfzig Jahren gönne ich mir alle paar Wochen diesen literarischen Spaziergang durch einen längst vertraut gewordenen Bücherwald, in dem Vieles schon merklich vergilbt ist, fast so wie Herbstlaub. Von Jahr zu Jahr mühsamer ist sie geworden, meine Suche, die ich dennoch nicht missen möchte in der Hoffnung, dass sich vielleicht doch noch irgendwo ein unentdeckter Schatz heben lässt. Doch das Buch, zu dem sich meine Blicke gerade verirrt hatten, konnte meine diesbezüglichen Erwartungen nicht erfüllen, zumindest nicht vom Einband her, den ein zu dunkles, zu blasses Schwarz-Weiß-Foto einer Gruppe ausgemergelter Gestalten „zierte". Kontrastreich hoben sich davon nur der Name des Autors in roter und der Buchtitel in weißer Schrift ab und waren mir wohl deshalb ins Auge gesprungen. Ein Buch über Gefangene des Zweiten Weltkriegs. *Möglicherweise ganz interessant*, dachte ich mir, aber dieser Einband sprach mich einfach nicht an, weil ich bei Büchern auch großen Wert auf die Optik lege und mir dies eine Buchauswahl eher erschwert als erleichtert, denn nicht selten verbirgt sich nach meinen Erfahrungen hinter einer schönen äußeren Hülle innen ein literarischer Kümmerling. *Warum also nicht, vielleicht ist es bei diesem Buch ja gerade umgekehrt*, dachte ich mir, weil mir diesmal die Suche besonders schwer fiel und ich einfach nichts Gescheiteres finden konnte. Und so klemmte ich mir das Buch über die Gefangenen unter den Arm, damit der Weg nicht ganz umsonst war, obwohl mich historische Bücher eigentlich weniger interessieren, zumindest keine über das Mittelalter oder noch ältere Epochen. Aber jüngere Geschichte hin und wieder schon, soweit ich dazu in irgendeiner Weise einen Bezug entwickeln kann. Ob das auch bei diesem Buch der Fall sein würde, fragte ich mich, denn ich bin „erst" 1950, also fünf Jahre nach Ende des Zweiten Weltkriegs geboren. „Erst"? Na ja, dieses „erst" klingt doch sehr vermessen, wenn sich dahinter ein damals Sechsundsechziger zu verbergen versucht.

Das Buch landete wie alle Bücher aus der Bücherei zunächst auf dem Nachttisch neben meinem

Bett, wo sie zunächst einmal mehr oder weniger lange ausharren müssen, bis ich sie zum Lesen wieder in die Hand nehme. Weil ich nur abends im Bett dazu komme, ein Buch zu lesen, und weil ich auch nicht mehr wie vor vielen Jahren bis spät in die Nacht von einem Buch gefesselt bin und förmlich hineinkriechen kann. Ich weiß offengestanden nicht, ob das an den Büchern oder an meinem Alter liegt. Jedenfalls müssen sie sich bei mir halt in Geduld üben. Nicht selten bringe ich auch Bücher zurück, in die ich allenfalls einen kurzen Blick geworfen habe und schon nach ein paar Seiten feststelle, dass es ein Fehlgriff war. Daher nehme ich mir gerne auch mehr als eins mit, um eine Auswahl zu haben. Ein äußerst preiswertes Vergnügen in einer Stadtbücherei, das sich bewährt hat.

Das Buch über die Gefangenen musste mangels Alternativen nicht allzu lange darauf warten, bis ich es eines Abends in den Händen hielt. Ich mochte den Autor, weil er Geschichte nicht oberlehrerhaft, sondern unterhaltsam zu vermitteln pflegt. Doch unterhaltsam …? Nein, das war es nicht, obwohl es mich schon nach wenigen Seiten in seinen Bann zog, denn das traurige Schicksal von Kriegsgefangenen, über die hier berichtet wurde, kann man weiß Gott nicht als unterhaltsam bezeichnen. Es war vielmehr erschütternd und tragisch zugleich für mich. Von Hunger, von Durst, von Kälte, von Angst und Schmerzen, von unmenschlichen Bedingungen, die diese Menschen ertragen mussten, las ich, Seite für Seite. Schicksale, die mich zutiefst berührten und aufwühlten, mich, einen eher verweichlichten Wohlstandsbürger, der sich schlagartig dafür schämte, dass er es jemals in seinem Leben gewagt hatte, in einer Art Vollversorgungsmentalität Begriffe wie Hunger und Durst, wie Kälte, Angst und Schmerzen selbst in den Mund zu nehmen. Keine drei Tage hätte ich derartigen Belastungen standgehalten, die Abermillionen zum Teil über viele Jahre erlitten und leider viel zu viele nicht überlebt haben. Die Bilder in diesem Buch waren zum Teil schockierend. Entsetzen und Mitleid zugleich verspürte ich, wohl wissend, dass ich das Ausmaß dieses Grauens allenfalls ansatzweise nachzuempfinden vermochte.

Am Schlimmsten hat es wohl die Gefangenen im Osten getroffen. Einige Bilder vermittelten mir die eisige Kälte russischer Winter derart anschaulich, dass ich spontan zu frösteln begann und mich unbewusst noch etwas tiefer unter die Bettdecke verkroch. Dick vermummte Gestalten mit Pferden und Schlitten in tief verschneiter Landschaft ließen plötzlich Erinnerungen an ähnliche Bilder bei mir wach werden, Bilder von meinem längst verstorbenen Vater, aufbewahrt in einer großen Blechdose. An langen Winterabenden in den Fünfziger Jahren, wenn der alte Herr Nowicky, der zwei winzige Zimmer im Dachgeschoss bewohnte und den mein Vater manchmal auf ein Glas Bier oder

Wein zu uns einlud, zu Besuch war und die beiden Kriegserinnerungen austauschten, saß ich mucksmäuschenstill daneben. Die alten Schwarz-Weiß-Fotos machten dabei die Runde und lösten bei mir meistens ein Kopfkino mit spannenden Abenteuerfilmen aus. Herr Nowicky war Pole, glaube ich jedenfalls. Merkwürdig, dass ich mich noch so genau an seinen Namen erinnern kann, nach so vielen Jahren. Papa hatte immer von Norwegen geschwärmt, von den Fjorden, an denen er mit Mama mal Urlaub machen wollte. Doch sind sie in den höchstens zwei Wochen, die er sich als selbstständiger Bäckermeister das Jahr über gönnen konnte, nie weiter als bis in die Eifel oder in den Hunsrück gekommen.

Warum er in Norwegen war und wo genau dort, weiß ich leider nicht mehr, doch in meiner Erinnerung tauchten wie aus dem Nebel plötzlich Namen auf wie Bergen, Kirkenes und Murmansk. Aber Bergen, liegt das nicht ziemlich weit unten, und Kirkenes, liegt das nicht ziemlich weit oben in Norwegen? Und Murmansk ... liegt das nicht schon in Russland? Vergeblich versuchte ich, aus meiner Erinnerung heraus diesen Schleier zu lüften. Dafür fiel mir plötzlich die Geschichte wieder ein, als das Schiff, auf dem seine Einheit nach Skandinavien transportiert wurde, von einem Torpedo getroffen wurde und in den eisigen Fluten versank. Oder war es auf der Rückfahrt? Keine Ahnung, jedenfalls hatte Papa erzählt, dass er, obwohl er nicht schwimmen konnte, ins eiskalte Wasser springen musste, um nicht mit dem Schiff unterzugehen. Tief sei er eingetaucht und habe es dann irgendwie geschafft, wieder an die Wasseroberfläche zu kommen. Dabei sei er mit dem Kopf gegen etwas Festes geknallt und habe sich instinktiv daran festgeklammert. Dann habe er das Bewusstsein verloren. Irgendwann sei er in einem Kriegslazarett wieder aufgewacht. Man habe ihm erzählt, dass er schon bei den Toten gelegen habe und dass man nur durch Zufall gemerkt habe, dass er noch am Leben sei, weil jemand, der ihn aus dem Wasser gezogen und zu den Toten gelegt hatte, noch einen leichten Pulsschlag bei ihm gefühlt hatte, als er ihm die Uhr vom Handgelenk abstreifen wollte. Eine unglaubliche Geschichte. Ob sie wirklich wahr ist? Zweifel kamen plötzlich bei mir auf, aber Papa hätte eine derart ungewöhnliche Geschichte nie erfunden, das wusste ich. Ob vielleicht in dem Buch etwas darüber zu finden war? Fieberhaft blätterte ich die Seiten vor und zurück, überflog den Text und schaute mir jedes Bild mehrfach an. Vergeblich. *Aber das war ja auch wirklich nicht zu erwarten*, versuchte ich mich selbst zu trösten. Und doch … Papa war schließlich Teil der Geschichte über die Kriegsgefangenen, weil er in Gefangenschaft war und erst 1946 wieder nach Hause kam, wie ich noch in Erinnerung habe. Gerlinde, meine zehn Jahre ältere Schwester, sei sechs Wochen alt gewesen, als er in den Krieg ziehen musste, und als er zurückkam, da sei sie schon sechs Jahre alt gewesen und hätte anfangs Onkel zu ihm gesagt, klangen mir seine Worte plötzlich im Ohr. Bretzenheim fiel mir wieder ein, das Lager Bretzenheim in der Nähe von Bad Kreuznach, in dem er Tag und Nacht, bei Wind und Wetter, mit Zigtausend anderen Gefangenen ums nackte Überleben kämpfen musste. Auf der Fahrt nach Langenlonsheim hatte er immer davon erzählt, wenn wir anfangs der Sechziger im Zweiwochenrhythmus am Wochenende Gerlinde besuchten, die mit ihrem Mann, einem US-Soldaten, und mit den beiden Kindern für zwei Jahre dort gewohnt hatte, bis er zurück in die Staaten versetzt wurde. Immer dann, wenn wir durch die Gegend um Bretzenheim fuhren, hatte Papa vergeblich Ausschau nach dem damaligen Lagerplatz gehalten, den Kopf dabei geschüttelt und *Es hat sich hier alles so verändert*, vor sich hin gemurmelt. Aber hier, auf Seite 272 wurde ich plötzlich findig. Über ein riesiges Gefangenenlager der Amerikaner in den Rheinwiesen war zu lesen, über dreißig Seiten lang. In einer Karte fand ich unter den vielen Lagerplätzen entlang des Rheins, vom Ruhrgebiet bis hinunter nach Mainz, auch Bretzenheim. Tatsächlich Bretzenheim. Gänsehautgefühle übermannten mich. Fieberhaft durchforstete ich die Seiten im Buch auf der Suche nach ihm, nach seinem Namen, nach einem Foto, auf dem er vielleicht abgebildet war. Nichts. Noch einmal von vorne ... und wieder zurück. Wieder nichts.

Wie gerne hätte ich mich jetzt wenigstens mit ihm darüber unterhalten, ihm Fragen gestellt, seine Stimme gehört, ihm in seine tief liegenden Augen geblickt. Jetzt, wo er doch schon über dreiundvierzig Jahre tot war, vermisste ich ihn plötzlich mehr als all die Jahre zuvor. Ich konnte es mir selbst nicht richtig erklären. Vielleicht weil wir uns beide, als ich irgendwann anfing, meinen eigenen Weg zu gehen, etwas fremd geworden waren und nicht mehr richtig miteinander reden konnten, vielleicht auch, weil mich früher manche Eigenschaften und Verhaltensweisen an ihm störten, die ich dann Jahre später bei mir selbst entdeckte.

Und jetzt? Jetzt bin ich selbst alt, sogar einige Jahre älter, als er werden durfte. So bleiben mir letztlich nur ein paar Bruchstücke an Erinnerungen, Erinnerungen, die mir plötzlich so wertvoll erscheinen wie Teile einer antiken Vase, die man bei einer Ausgrabung findet und vergeblich versucht, alle Bruchstücke zu finden, um sie wieder zusammenzusetzen.

# WARTESAAL ZUM JENSEITS

Da war er wieder, dieser unbeschreibliche
Schmerz tief in ihrer Seele, der sich schon vor
Monaten dort festgesetzt und jeden Tag ein Stück-
chen mehr wie eine Krebsgeschwulst ausgebreitet
hatte. Ein dauerhafter Schmerz, ein ständiger Begleiter, der sie nicht mehr zur Ruhe kommen ließ.
Er war so intensiv, dass er sie die körperlichen
Schmerzen, die ihr schon seit Jahren zu schaffen
machten, kaum mehr wahrnehmen ließ.

Ihr neues Leben erschien ihr entwürdigend.
Nein, so ein Leben mochte sie nicht. War das
überhaupt noch ein Leben? Ja, aber kein lebens-
wertes. Oft schon hatte sie deshalb Zwiesprache
gehalten mit dem lieben Gott, ihn angefleht, er
möge sie endlich davon erlösen, sie zu sich nehmen und wieder mit ihm vereint sein lassen mit
ihrem Walter, der großen und einzigen Liebe ihres
Lebens. Er war doch ... dort oben? Ganz sicher war
er dort oben, nach all dem, was ihm widerfahren
war. Er hatte in den letzten Monaten seines Lebens
viel durchmachen müssen. Für ihn war es die Hölle auf Erden, und deshalb war er jetzt ganz bestimmt beim lieben Gott im Himmel. Sie wünschte

es ihm und sich von ganzem Herzen und sehnte den Tag herbei, ihm nachgehen zu dürfen.

Zum Jahresende hatte er sie hierher gebracht, weil es keine andere Lösung gab. „Nur ein paar Wochen, Helga, dann bin ich wieder fit", hatte er sie zu trösten versucht, obwohl ihm doch selbst nach Trost zumute war. Die schwere Operation, die ihm bevorstand, machte ihm Angst, doch sie war unvermeidlich, damit er sich zu Hause weiter um sie kümmern und sie pflegen konnte. Nur noch zu zweit lebten sie seit Jahren dort, in ihrem Haus, das einmal acht Personen ein Zuhause bot, ein Heim für sie beide und für ihre vier Kinder, auch für die Schwiegereltern, obwohl es dafür eigentlich doch viel zu klein war. Aber er hatte es im Laufe der Jahre Stück für Stück für sie alle ausgebaut, sodass sogar noch zwei Schäferhunde darin Platz fanden. Eine wunderschöne Zeit damals, wie sie jetzt im Rückblick empfand, obwohl sie als Mutter von vier Kindern und als Betreuerin einer am Ende pflegebedürftigen Schwiegermutter oft unter den vielen Belastungen stöhnte. Doch als sie später nur noch zu zweit und mitunter auch ein bisschen einsam waren, hätte sie sich gerne die nunmehr guten alten Zeiten zurückgewünscht, so wie sie sich jetzt wieder die Zweisamkeit mit ihm ersehnte.

„Nur ein paar Wochen", hatte er gesagt, „dann hole ich dich wieder nach Hause zurück." Drei Monate und ein halbes Dutzend Operationen später hatten sie ihn zu Grabe getragen, ohne dass sie selbst dabei sein konnte. Die Kinder hatten es ihr anfangs sogar verschwiegen, weil sie glaubten, dass sie es nicht ertragen würde, in ihrem Zustand. Irgendwann hatten sie es ihr dann doch erzählt, aber sie hatte es zuerst gar nicht richtig wahrgenommen. Warum? Sie wusste es selber nicht. Da war etwas in ihrem Kopf, was ihr Sorgen bereitete, aber was? Doch irgendwann war sie richtig angekommen bei ihr, die schreckliche Gewissheit, dass er nie mehr wiederkommen würde.

„Nur ein paar Wochen, dann hole ich dich wieder nach Hause", hatte Walter ihr fest versprochen, und sie hatte sich darauf verlassen. Sie hatte sich immer auf ihn verlassen, weil er es war, der sich immer um alles kümmerte und ihr vieles abnahm. Doch mit seiner derben Art verletzte er auch Viele. Freunde, Verwandte und Bekannte zogen sich deshalb nach und nach vor ihnen zurück. Das Handeln war seine Stärke, nicht das Reden. Beim Reden zerstörte er mitunter viel mehr, als er mit seinen Händen aufbauen konnte. So isolierte er sich und damit auch sie jeden Tag ein bisschen mehr. Doch er kümmerte sich um sie, jeden Tag, seitdem sie auf seine Hilfe angewiesen war. Vielleicht hätte er ja, als er spürte, dass es mit ihm langsam zu Ende ging, gerne noch über bisher Unausgesprochenes in seinem Leben gesprochen, manches klargestellt oder gerade gerückt, bei ihr und auch bei den anderen, die er verletzt hatte. Vielleicht hätte er endlich einmal das gesagt, was zu sagen gewesen wäre, was ihn vielleicht tief in seinem Innern quälte und belastete, aber dann war es zu spät, am Ende, als sie ihm die Luftröhre aufgeschnitten und einen Schlauch zur Beatmung gelegt hatten. Stumm und nackt lag er am Ende auf der Intensivstation. Bewegung und Sprache nur noch in seinen Augen. Die Kinder hatten sie zweimal zu ihm gebracht, aber sie hatte sofort gemerkt, dass es hoffnungslos war, hoffnungslos für ihn. Und jetzt auch hoffnungslos für sie.

Nur noch Schmerz und Trauer um ihn verspürte sie, ihn, den sie für immer verloren hatte, ihn, dem sie ein Leben lang treu geblieben war. Er, mit dem sie schon in jungen Jahren zusammen kam, er, der gut aussehende junge Mann, der ihr so lange nachstellte, bis er ihr Herz endlich erobert hatte, obwohl sie ihn anfangs doch überhaupt nicht mochte. Seine burschikose Art und sein Draufgängertum gefielen ihr dann aber doch, vielleicht weil sie selbst eher schüchtern war und es ihr an Selbstvertrauen mangelte. Während er seine Wünsche und Ziele mit Nachdruck verfolgte, hatte man ihr und den Geschwistern stets Zurückhaltung und Bescheidenheit eingetrichtert, und so hatten eigene Wünsche bei ihr im Laufe der Zeit fast schon den Charakter von etwas Verbotenem angenommen, eine Eigenschaft, die sie für den Rest ihres Lebens begleiten sollte und die ihr jetzt, wo sie hier an diesem schrecklichen Ort alleine auf sich gestellt war, umso mehr zu schaffen machte. Dem

Schmerz und der Trauer um ihn folgte irgendwann die schreckliche Erkenntnis über das eigene, unausweichliche Schicksal für den Rest ihres Lebens. Wie lange war sie eigentlich schon hier, in diesem Wartesaal zum Jenseits? Sie wusste es nicht, aber es erschien ihr wie eine Ewigkeit. Jeden Tag wartete sie sehnsüchtig auf Besuch von den Kindern, von der Schwägerin, vom Bruder, wenigstens für eine halbe Stunde, manchmal auch etwas länger. Doch wenn jemand kam, machte sich gleich die Angst in ihr breit, schon bald wieder alleine zu sein. Wie lange würde sie es noch aushalten müssen, hier auf dieser Endstation, wo Gleichgültigkeit und Lieblosigkeit den Tagesablauf bestimmten, hier, wo man, auf Hilfe angewiesen, sogar um einen Toilettengang betteln musste, oft vergebens. Keine Intimsphäre mehr, wo sie doch darunter besonders litt. Sie sehnte sich nach Verständnis, nach ein bisschen mehr menschlicher Wärme und Güte. Doch dafür blieb angeblich keine Zeit. Tatsächlich keine Zeit, nicht mal für ein freundliches Lächeln, nicht mal für ein verständnisvolles Nicken oder für eine liebevolle Berührung? Dafür braucht man keine Zeit, dafür reichen Mitgefühle.

Sie fühlte sich einsam und verlassen, gerade so, als wäre sie auf einem unbewohnten Planeten, obwohl doch viele andere Menschen um sie herum waren. Doch was für Menschen? Wenn sie wenigstens ein Tier bei sich haben könnte, eine kleine Katze vielleicht oder einen Vogel, mit dem man

Zuneigung und Liebe teilen kann. Aber mit diesen Menschen hier ...

„Nehmt mich bitte mit nach Hause, jetzt gleich", würde sie den Kindern am Ende der Besuchszeit am liebsten jedes Mal nachrufen, wenn sie sich verabschiedeten und wieder nach Hause gingen, in ihr Zuhause. Doch sie hatte kein Zuhause mehr, weil die Kinder das Haus verkaufen mussten, um die Kosten für die Unterbringung im Heim zu decken. Ihr Geld, damit sie hier leben konnte, obwohl sie doch überhaupt nicht hier leben wollte. *Warum hilft mir denn niemand, nicht die Kinder und auch nicht der Bruder oder die Schwägerin?,* fragte sie sich, obwohl sie die schreckliche Antwort nur allzu gut kannte. Sie konnte nicht mehr ohne ständige Betreuung leben, eine nüchterne Feststellung, die ihr unsagbar schwer fiel, weil sie so einfach nicht mehr weiterleben wollte. Sie sehnte sich unendlich nach Liebe und Geborgenheit, nach den Menschen, die ihr nahe standen und doch unerreichbar weit von ihr entfernt waren. *Wie schön wäre es, ein eigenes Zuhause, nur ein kleines Zimmer für mich ganz alleine, und nebenan jemand, der für mich da ist, wenn ich ihn brauche, und der mich auch mal in den Arm nimmt, wenigstens ab und zu ein bisschen.* Erschrocken über „ihre Maßlosigkeit" versuchte sie, ihre Gedanken wieder in eine andere Richtung zu lenken. *Sei nicht so undankbar und lieber froh darüber, dass du hier sein kannst, denn vielen anderen Menschen geht es bestimmt noch schlechter als dir*, nahm sie sich selbst wieder in die Pflicht, aber allzu lange gelang es ihr diesmal nicht.

„Wie lange noch, lieber Gott?", flüsterte sie und konnte sich nicht einmal die Tränen selbst abwischen, die ihr langsam die Wangen herunterliefen. Sie schloss die Augen und versuchte, einen Weinkrampf zu unterdrücken. Niemand sollte den unendlichen Seelenschmerz in ihr bemerken, den sie mit niemand teilen konnte, auch nicht mit ihrer Zimmernachbarin. Nur das Zimmer durfte, nein, musste sie mit ihr teilen, aus Kostengründen. Am liebsten hätte sie sich rausgeschlichen aus diesem halben Zimmer, das jetzt ihr Zuhause war, raus aus diesem schrecklichen Heim, das jetzt ihr Heim war, raus aus ihrem Leben, das doch eigentlich kein Leben mehr war.

*Lieber Gott, bitte nimm mich endlich zu dir, lass mich wieder zu ihm und zu all den anderen, die schon so lange bei dir da oben sind und die ich so sehr vermisse. Und falls du jetzt gerade keine Zeit für mich hast, dann lass mich bitte nicht mehr allzu lange warten, bitte nicht mehr länger als …  nur noch ein paar Wochen,* flehte sie immer wieder in Gedanken Richtung Himmel.

Als sie an einem eiskalten Wintertag vom Bruder und seiner Frau besucht wurde, wollte sie unbedingt mit dem Rollstuhl durch den nahegelegen Park gefahren werden. Doch der Bruder und die

Schwägerin schüttelten den Kopf. „Es ist viel zu kalt draußen, Helga. Du würdest dir im Rollstuhl nur den Tod holen. Lass uns stattdessen ein bisschen durchs Heim wandern und im Aufenthaltsraum eine Etage tiefer etwas trinken." Sie nickte stumm. Was hätte sie auch anderes tun können? Sie war merkwürdig schweigsam an diesem Tag. Als sie zu dritt im Aufenthaltsraum saßen, kam ihr nur „es ist alles so schwer" über die Lippen.

Ein paar Tage später traten Komplikationen bei ihr auf, die einen Klinikaufenthalt erforderten, nur ein paar Tage, bis sie wieder ins Heim gebracht wurde. Nur einige Stunden später, mitten in der Nacht, schreckte sie plötzlich auf. Nur schemenhaft nahm sie eine Gestalt wahr. Walter stand neben ihr am Bett und strich ihr zärtlich durch ihr dünnes graues Haar. „Ich komme, um dich endlich abzuholen, mein Liebes", sagte er. „Du hast sehr lange auf mich warten müssen, doch jetzt nehme ich dich mit nach Hause."

Am frühen Morgen fand das Pflegepersonal sie tot in ihrem Bett liegend. Der Schock saß bei allen tief, bei den vier Kindern, bei der Schwägerin und beim Bruder, der gerade erst ein paar Wochen in Rente war und sich fest vorgenommen hatte, seine Schwester jetzt, wo er mehr Zeit hatte, etwas öfter mit dem Rollstuhl durch die Gegend zu fahren, so wie einige Jahre zuvor auch ihre Mutter. Nun blieben ihm nur die Erinnerungen an sie, an die vielen schönen und manchmal auch etwas weniger schönen Zeiten, und an diesen schrecklichen Wartesaal zum Jenseits, wie ihm das Seniorenheim immer erschien. Seine Erinnerungen daran fasste er in einem Gedicht wieder.

### Wartesaal zum Jenseits

*Angst und Beklemmung*
*überfallen mich*
*wenn ich ihn betrete.*
*den Licht durchfluteten Raum*

*den Helligkeit und Wärme*
*dennoch nicht durchdringen*
*weil unsichtbare Finsternis*
*lebende Tote umgibt*

*Ausrangierte Marionetten*
*auf Abstellgleisen des Lebens*
*warten schweigend im Chor*
*auf ihre Befreiung*

*Zum Warten Verdammte*
*im Wartesaal zum Jenseits*
*hoffnungslos verloren*
*bis ans Ende der Zeit*

# MAMA, ICH KOMME JETZT

Halb Fünf. Mitten in der Nacht, und ich sitze schon fast eine Stunde am PC, weil ich sie aufschreiben muss, diese Geschichte hier, obwohl es doch eigentlich schon fertig war, das neue Buch. Aber sie gehört einfach dazu, die letzte von 12 Geschichten über den Tod, die ich dennoch nicht an den Schluss stellen möchte, wo sie eigentlich hingehört, weil sie ganz aktuell ist. Doch diese Geschichte hier hinter der von „Nicky", nein, das gehört sich nicht, signalisiert mir eine innere Stimme.

Was ist passiert? Ludwina ist gestorben, vor ein paar Tagen erst. Im Krankenhaus. Der Krebs hat gesiegt. Ludwina hat den Kampf verloren. Noch gar nicht so lange ist es her, als sie sich auf der Siegerstraße gefühlt und es Rosi freudestrahlend verkündet hatte. Doch er hat sich nicht geschlagen gegeben, dieser verdammte Krebs, der sich so oft nicht geschlagen gibt, wie man immer wieder hört.

Ludwina und Manfred sind Mieter „in unserem Häuschen", wie es Rosi und ich liebevoll nennen, weil wir darin selbst über acht Jahre gewohnt hatten. Falsch, denn Ludwina „wohnt" jetzt ja an einem anderen Ort, und im Häuschen zurückgeblieben sind Manfred und Charly, der Beagle, den sie mit Rosis Hilfe vor ein paar Jahren aus einem Tierheim zu sich ins Häuschen geholt hatten.

Über 46 Jahre ist es her, als Rosi und ich als sehr junge und sehr stolze Hausbesitzer dort eingezogen sind. Gerade mal acht auf fünf Meter misst es, unser Häuschen, von außen wohlgemerkt.

„Ein richtiges kleines Hexenhäuschen habt ihr da, aber urgemütlich sieht es aus", pflegten die Leute zu uns zu sagen. Es steht irgendwo in der Stadt in einer verwinkelten Ecke, eingeklemmt zwischen zwei anderen Häusern, die es fast zu erdrücken scheinen. Zwei Zimmer unten, zwei Zimmer direkt unterm Dach, sonst nichts. Wenn man die Haustür aufmacht, steht man gleich in der Küche. Eine steile Treppe führt zu den beiden oberen Räumen. Eine Falltür im Küchenboden, darunter eine kleine Kellertreppe, nein, eher eine Art Leiter, über die man in ein schmales Kellergewölbe gelangt. Niedrige Decken im Erdgeschoss, schiefe Böden und schräge Wände oben.

Damals noch undichte Fenster, nur ein Koksofen in der Küche, mit dem das ganze Haus beheizt wurde. Ich absolvierte zu dieser Zeit meinen Wehrdienst und Rosi arbeitete als Kassiererin in einem Supermarkt. Gerade mal einundzwanzigtausend Mark hatte es gekostet, bezahlt von der Schwiegermutter, weil uns das Geld dazu gefehlt hätte. Auf fünfzig Quadratmetern haben wir gelebt, von denen jeder Quadratzentimeter genutzt war.

Doch es reichte uns aus, bis Rebecca auf die Welt kam und wir eineinhalb Jahre später auszogen.

Ein Minibadezimmer hatte ich selbst installiert, und es irgendwann auch von außen verputzt. Eine relativ kleine Leiter hatte dafür ausgereicht. Heute verfügt unser Häuschen auch über doppelt verglaste Fenster und eine Gasheizung. Doch ansonsten blieb alles unverändert.

Vor über zehn Jahren sind Ludwina und Manfred dort eingezogen, obwohl ich das Häuschen eigentlich verkaufen wollte. Aber sie hatten eine Wohnung gesucht und uns einfach so lange keine Ruhe gelassen, bis wir es ihnen schließlich doch vermieteten. Einfache Leute, aber ruhige und gute Mieter. Sie waren glücklich im Häuschen, so wie wir vor über 40 Jahren. Doch jetzt ist das Glück dort ausgezogen, mit Ludwina. Ich hoffe für Manfred und Charly, dass es irgendwann wieder einziehen wird, das Glück. Ich bin sehr besorgt, ob er nicht daran zerbrechen wird, gerade jetzt, wo er in ein paar Wochen in Rente geht und den ganzen Tag zuhause sein wird, alleine mit Charly.

Noch mehr hoffe und wünsche ich, dass sich Ludwina in ihrem neuen Zuhause wohl fühlt, das sicherlich viel schöner und viel geräumiger ist als unser Hexenhäuschen. Dass sie ihr neues Zuhause gefunden hat, dessen bin ich mir sicher, denn sie wurde abgeholt, von ihrer Mama. Abgeholt aus dem Krankenhaus, in Sichtweite vom Häuschen.

„Mama, ich komme jetzt", hat sie gesagt und ist dann leise mit ihr gegangen.

# NICKY

Es war schon weit nach Mitternacht, als die Musiker auf dem Stadtfest ihr letztes Stück ausklingen ließen und sich die Reihen der Stadtfestbesucher allmählich zu lichten begannen.

„Los Kinder, es ist schon verdammt spät und ihr müsstet eigentlich längst im Bett liegen. Wir machen uns jetzt schleunigst auf den Weg nach Hause", sagte ich.

„Aber warum denn Papa, wir sind doch noch gar nicht müde", maulte Roland, der mit ein paar gleichaltrigen Jungs etwas abseits von der Bühne Fußball spielte, während die sechsjährige Melanie noch ganz außer Atem vom Mittanzen vor der Bühne mit hochrotem Kopf neben mir saß und ihre Limo schlürfte.

Sie zupfte mich am Ärmel und sagte: „Ich bin aber noch kein bisschen müde, Papa. Lass uns doch bitte noch etwas hier bleiben."

Auch Rebecca wagte einen letzten Versuch. „Wir haben doch morgen keine Schule und können ganz lange ausschlafen, Papa", sagte sie.

„Ihr vielleicht, Kinder, aber ich muss morgen wieder früh raus. Doch wenn ihr Lust habt, können wir ja morgen Nachmittag vielleicht noch mal aufs Stadtfest gehen."

„Juhu, wir gehen morgen wieder aufs Stadtfest", rief Melanie und klatschte begeistert in die Hände. Das Argument zog, und so machte sich unsere kleine Kolonne, von Mama Rosi angeführt, endlich auf den Heimweg.

Nach ein paar hundert Metern erste Ausfallerscheinungen, als es den Hüttenberg steil hinaufging. Die Müdigkeit machte sich jetzt bei allen drei Kindern schlagartig bemerkbar. Rebecca und Roland ließen die Köpfe hängen und trotteten wenigstens noch im Zeitlupentempo den Berg hinauf, während Melanie einfach stehen blieb und sich zu mir umdrehte.

„Kannst du mich ein bisschen tragen, Papa?", fragte sie und gähnte herzergreifend dabei.

„Nein, Melanie, du bist schon ein großes Mädchen und viel zu schwer für mich", versuchte ich meinem Schicksal zu entgehen.

„Nur ein ganz kleines Stück, Papa, bitte", sagte sie und legte mir die Hände um den Hals, sodass mir gar nichts weiter übrig blieb, als sie hochzuheben. Nur Sekunden später sackte ihr Kopf auf meine linke Schulter und unser Energiebündel war eingeschlafen.

Mühsam schleppte ich mich mit ihr den Berg hinauf. Da sie sich einfach hängen ließ, war mir, als sei sie schwer wie Blei. Das Tragen ging jedenfalls gehörig ins Kreuz. Schnaufend setzte ich sie schließlich in Höhe des Eden-Kinos ab, was sie mit einem schläfrigen Meckern quittierte.

„Tut mir leid, Melanie, aber du bist mir einfach viel zu schwer. Du musst jetzt selbst wieder ein Stück laufen, wenigstens den restlichen Berg hinauf. Wenn wir oben sind, trage ich dich noch mal ein bisschen", sagte ich zu ihr. Ich nahm sie bei der Hand und versuchte sie mitzuziehen, als ich ein klägliches Miauen aus dem großen Durchgang am Ausgang des Kinos hörte. Im fahlen Licht der Laterne sah ich ein kleines Tigerkätzchen vor einer Haustür scharren. Neben ihr ein geöffnetes Päckchen Katzenfutter, aber das Futter war unberührt.

„Wo gibt es denn so was, wie kann man denn so herzlos sein und so ein kleines Wesen mitten in der Nacht aussetzen", sagte Rosi und war schon dabei, das Kätzchen, an sich zu nehmen, als ich sie zu bremsen versuchte.

„Moment mal, wer sagt dir denn, dass die Katze ausgesetzt wurde?", fragte ich. „Schließlich sitzt sie ja vor der Haustür, und Katzenfutter hat sie auch. Bestimmt wohnen die Besitzer hier und haben dem Tier deshalb was zum Essen rausgestellt."

Rosi schüttelte den Kopf. „Nein, das glaube ich nicht. So ein Kätzchen gehört jedenfalls nachts ins Haus, dem stellt man doch kein Futter vor der Tür, schon gar nicht eine komplette Packung, die noch nicht mal ein bisschen zerkleinert ist für so eine kleine Katze."

Ich ahnte genau, was Rosi im Schilde führte. Ihr ausgeprägter Mutterinstinkt lässt sie auch bei Tieren nicht im Stich. Das Ganze lief offensichtlich auf eine illegale Adoption hinaus, so wie etwa zwei Jahre vorher auch bei mir, als ich eine Radtour mit ein paar Kollegen gemacht hatte und abends mit zwei kleinen Kätzchen zurückkam, die ich am Saarufer in Frankreich mutterseelenallein gefunden hatte und die mir gleich nachgelaufen waren. Im halb offenen Rucksack hatte ich sie schließlich mit nach Hause gebracht. Leider waren die beiden schon nach kurzer Zeit nicht mehr in der Wohnung zu halten und tagsüber immer wieder ausgebüchst. Wenigstens kamen sie abends immer nach Hause zurück. Nur eines Abends warteten wir vergebens auf sie. Es war ein bitterkalter Januartag, als wir sie im ganzen Viertel zu suchen begannen. Nur per Zufall entdeckte ich Felix, den getigerten Kater, ganz oben auf einem kahlen Baum vor einer Autowerkstatt. Mit der Leiter hatte ich ihn dort heruntergeholt, aber Wuschel, das andere Kätzchen, blieb spurlos verschwunden. Felix war das Alleinsein zwischenzeitlich gewöhnt und trieb sich ohnehin den ganzen Tag draußen herum.

Und jetzt noch mal eine zweite Katze, nein, das musste wirklich nicht sein.

„Ach, Papa, lass uns das Kätzchen doch mit nach Hause nehmen, bitte", unterbrach Melanie meine Gedanken.

„Nein, Melanie, das geht nicht. Die Katze gehört bestimmt hier ins Haus", erwiderte ich.

Rosi schüttelte den Kopf. „Das werden wir ja gleich sehen", sagte sie und drückte auf eine der Türklingeln.

„Bist du verrückt geworden?", knurrte ich, „du kannst doch nicht mitten in der Nacht die Leute wegen einer Katze aus dem Bett klingeln."

„Doch das kann ich", bekam ich trotzig zur Antwort.

Nach einer Weile meldete sich an der Sprechanlage eine verschlafene Männerstimme. „Ja, zum Teufel, warum läuten Sie denn mitten in der Nacht an meiner Tür?"

„Ihr Kätzchen sitzt hier vor der Haustür und will rein", gab ihm Rosi zur Antwort.

„Kätzchen, was denn für ein Kätzchen? Wir haben keine Katze. Belästigen Sie uns nicht mitten in der Nacht mit so etwas", war nur noch zu hören und dann ein Klicken.

„Das hast du ja prima hinbekommen, Rosi. Lass uns bloß schnell von hier verschwinden, bevor der noch die Polizei ruft", schnaufte ich und schob den Rest der Familie so schnell es ging vor mir her, raus aus dem Durchgang und in Richtung Hüttenberg.

Schweigend stapften wir weiter hinauf, an der Marienkirche vorbei. Melanie schniefte leise vor sich hin. Mit jedem Meter wurde ich mir meiner Kaltherzigkeit mehr und mehr bewusst. Ich spürte förmlich die Verachtung meiner Weggenossen, die mich dafür traf, auch wenn keiner einen Mucks zu sagen wagte. Das eisige Schweigen hielt ich schließlich nicht länger aus, machte auf dem Absatz kehrt, ging zurück, ergriff das wild zappelnde Kätzchen, steckte es unter meine Jacke und lief wieder zu den anderen, die natürlich alles mitbekommen hatten und mich mit lautem Hallo und „ja, das war richtig, Raimund", „prima, Papa" oder „juhu, wir haben eine Katze" begrüßten.

„Haltet bloß die Klappe und lasst uns schleunigst von hier verschwinden, bevor wir noch alle wegen Tierraub verhaftet werden."

Das brauchte ich den Kindern nicht zweimal zu sagen. Im Eilmarsch ging es jetzt nach Hause zurück, wo das Kätzchen zuerst einmal gefüttert wurde. So bekam unsere Familie mitten in der Nacht unerwarteten Zuwachs, nur die Begeisterung von Kater Felix hielt sich merklich in Grenzen. Er fauchte das kleine Kätzchen, das spontan auf ihn zulief, erst einmal lautstark an, womit er sich heftige Schelte einhandelte und sich daraufhin beleidigt in eine Ecke verzog.

Ein Name für die neue Hausgenossin war schnell gefunden. Die Kinder tauften sie auf den Namen Nicky, und Felix rückte in ihrer Gunst zunächst eine Stufe tiefer, zumindest so lange, wie Nicky noch ein verspieltes kleines Kätzchen war. Irgendwie hatte ich Mitleid mit unserem Kater, der von nun an wie auch ich als Randerscheinung im Familienkreis ein Schattendasein führen musste. Wir beide solidarisierten uns und Felix wurde „mein Kater", der abends im Wohnzimmer stundenlang auf meinen Knien lag und mit mir brüderlich alles teilte, ob Kekse, Popcorn, Chips oder Salzstangen.

Zu Nicky entwickelte ich eher ein etwas zwiespältiges Verhältnis, obwohl ich doch eigentlich ihr Retter war, aber Dankbarkeit dafür ließ sie mich nie spüren. Sie ließ sich nicht wie Felix von mir halten und streicheln, wenn ich sie auf den Arm zu nehmen versuchte, sondern zappelte dann so heftig, bis ich sie genervt wieder losließ. Nicky war in meinen Augen eine richtige kleine Zicke, die sich den ganzen Tag kaum bewegte und sich am liebsten in der Sonne aalte. Sie hatte je nach Sonnenstand verschiedene sonnige Plätzchen in der Wohnung, wo sie sich behaglich räkelnd niederließ. Nicky wanderte sozusagen mit der Sonne, die vormittags durch die Balkontür in der Küche und nachmittags durch die Wohnzimmerfenster schien, durch die Wohnung. Und Nicky duldete keinerlei Störung dabei. Darauf reagierte sie sogar ausgesprochen allergisch. Wer auch immer ihre Ruhe zu stören wagte, Nickys unvergleichliches Gemecker wies ihn sofort in die Schranken. Ich bekam das besonders oft zu spüren, weil ich in der nasskalten Jahreszeit häufig unter Reizhusten litt, den sie permanent meckernd zu unterbinden versuchte. Schon das bloße Einatmen bei einem ausbrechenden Hustenreiz war ihr ein Gräuel und wurde abrupt zu unterbinden versucht. Die Geschirrspülmaschine war ihr ebenfalls ein Dorn im Auge. Wann immer der Geschirrspüler ein- oder ausgeräumt wurde, rief dies unweigerlich bei Nicky dauerhaftes Gemecker mit zugekniffenen Augen hervor, was zur Folge hatte, dass Rosi fortan mit dem Geschirr lautlos zu hantieren versuchte, was ihr allerdings nur selten gelang. Rosis Bemühungen zur Minimierung entsprechender Lärmbelästigungen wurden von Nicky keineswegs honoriert. Ich hatte fast den Eindruck, je leiser Rosi agierte, umso heftiger reagierte sie auf das leiseste Scheppern oder Klirren, worauf Rosi sich jedes Mal fast bei ihr dafür entschuldigte und ihr beteuerte, dass sie gleich fertig damit wäre. Ich dagegen sah es nicht ein, mich von einer simplen Hauskatze derart schikanieren zu lassen und schleuderte ihr oft ein „halt bloß die Klappe" entgegen, wofür ich mir dann Schelte von Rosi einhandelte.

Nicky war eigentlich mehr noch als nur eine Zicke, boshaft hätte man sie fast schon als blöde Kuh bezeichnen können, denn sie war alles andere als geschickt beim Springen auf einen Stuhl oder auf die Fensterbank und verfehlte auch schon mal ihr Ziel im ersten Anlauf. Nicht nur das, wenn sie fest auf einem Stuhl schlief, hatte das auch hin und wieder einen Absturz zur Folge. Wann auch immer sie ins Wohnzimmer kam und auf die rechts von der Tür stehende Couch wollte, hatte ihr Roland beigebracht, zuerst in entgegengesetzter Richtung links um den Esstisch herumzulaufen, bis sie das eines Tages tatsächlich kapiert hatte und von nun an auch unaufgefordert nur noch diesen Weg ein-schlug, was ihr stets entsprechendes Lob von uns allen einbrachte, wofür sie sehr empfänglich war. Jedenfalls lief sie bis zu ihrem letzten Tag immer zuerst links um den Esstisch herum und dann erst nach rechts zur Couch.

Auch Nickys Eitelkeit kannte keine Grenzen, was dazu führte, dass die Kinder sie an Geburtsta-gen oder an Weihnachten mit bunten Schleifen um den Hals oder auf dem Kopf schmückten. Nicky ließ das stundenlang geduldig über sich ergehen, jedenfalls so lange, wie man ihr versicherte, wie hübsch sie doch damit aussehen würde.

Nickys uneingeschränkte Liebe galt vor allem Melanie, die auf eine unvergleichliche Art mit ihr umzugehen wusste. Melanie knutschte und drückte sie wie ein Baby, was ihr offensichtlich gefiel. Sie nahm Nicky auch abends mit ins Bett, deckte sie bis oben hin mit der Bettdecke zu und kuschelte mit ihr. Stundenlang schlief Nicky in Melanies Armen und lief ihr auch tagsüber hinterher wie ein Hund. Melanies eigenwillige Technik, Nicky zu streicheln, brachte die Katze fast in Extase. Dann gurrte sie mit ganz verzückten Augen fast wie eine Taube und rieb und drückte ihren Kopf heftig an den von Melanie.

Nicky war auf ihre Art eine einmalige Katze, die etwas von einer verwöhnten Tussi hatte. Doch in ihrem letzten Lebensabschnitt hat sie wirklich Größe bewiesen. Der Tierarzt hatte irgendwann eine unheilbare Nierenerkrankung bei ihr festgestellt. Bei einer älteren Katze stellt man sich in so einem Fall natürlich die Frage, ob es nicht besser wäre, das Tier einschläfern zu lassen. Das kam allerdings bei Nicky nicht infrage, weil wir es Melanie gegenüber einfach nicht übers Herz gebracht hätten, obwohl diese schon längst nicht mehr bei uns zu Hause wohnte. So musste Nicky schließlich regelmäßig zum Tierarzt gebracht werden, der ihr Infusionen verabreichte und ihr Tabletten verschrieb. Mit großer Geduld ließ Nicky alles über sich ergehen. Sie hatte weder Angst vor dem Tierarzt, noch vor den Arzthelferinnen oder vor den Infusionen. Auch die anderen Tiere im Wartezimmer, sogar große Hunde, konnten sie nicht erschrecken. Wenn man sie in die Praxis gebracht hatte und dort die Transportbox öffnete, kam Nicky schnurrend heraus, sprang auf einen Stuhl und blieb geduldig so lange darauf sitzen, bis sie an der Reihe war. Nickys Leben konnten wir so noch über zwei Jahre verlängern. Irgendwann in der Endphase war es dann allerdings doch erforderlich, sie von ihrem Leiden zu erlösen.

Wir haben sie im Garten unter dem Fliederbaum beerdigt, und ich habe einen Pflasterstein zum Grabstein umfunktioniert, in den ich mit einem kleinen Meißel ihren Namen und das Todesjahr eingraviert habe.

„Nicky 2008" steht auf dem mittlerweile moosbewachsenen Stein geschrieben.

# NACHWORT

Es war ja nur eine Katze, mag sich vielleicht der eine oder andere von Ihnen gedacht haben, nachdem er die Geschichte von Nicky zu Ende gelesen hat.

Ja, es war nur eine Geschichte über eine Katze, eine Geschichte von insgesamt zwölf, mit der ich meine Geschichten vom Tod bewusst abgeschlossen habe, obwohl in unserer Familie Tiere einen weitaus höheren Stellenwert einnehmen, als diese eine Geschichte so ganz am Ende vermuten lässt. Ich hätte dieses Buch locker um weitere zwölf und vermutlich noch mehr Geschichten erweitern können, Erzählungen über den kleinen Kater Muck, der Scheibenkäse über alles liebte und ihn immer mit einem Klopfen an Mamas Wachstischdecke einforderte, über drei putzige Goldhamster, alle mit dem Namen Eddy, über die Katzendamen Mecki und Mollie, über Teddy, den blinden Pudel, Pummel, den Hasen, der uns nur ins Bett gehen ließ, nachdem er ein Stück Schokolade bekommen hatte, über Max, den kleinen Spatz, der Theo, den stets lärmenden Wellensittich, oft in seinem Käfer aufsuchte, über Lucy, das teuflische schwarze Katzenmädchen, über den schmächtigen Kater Sammy, den eine innige Freundschaft mit Glöckchen, der Nachbarskatze, verband, über Kanarienvögel, die auf die Schulter geflogen kamen oder mit unter die Dusche gingen, oder über Scarlet, die hässliche Katze ohne Fell, die im Winter regelmäßig vor unserer Haustür übernachtete, nachdem wir ihr einen Styroporkarton als Nachtquartier hingestellt hatten, und sie schließlich ganz bei uns aufnahmen und zu einer bildhübschen Katze hochpäppelten, bevor sie überfahren wurde. Aber dann wäre es wohl eher ein Buch mit anfangs heiteren Tiergeschichten geworden, die am Schluss alle tragisch endeten.

Meine Frau und ich machen keine großen Unterschiede zwischen Menschen und Tieren. Eigentlich überhaupt keine, um ehrlich zu sein. Wir behandeln unsere beiden Kater Rocky und Henry sowie unseren rumänischen Streuner Charly genau so liebevoll, wie wir früher unsere drei kleinen Kinder behandelt haben. Heute sind diese Vierbeiner unsere Familienmitglieder, die unser Leben zwar in gewisser Weise einschränken, aber letztlich weitaus mehr bereichern. Wenn ich ehrlich bin, mag ich Tiere fast lieber als Menschen, als die meisten jedenfalls.

Umso schrecklicher empfinde ich die unmenschlichen Grausamkeiten, die unendlich viele Tiere erleiden müssen, damit wir ein möglichst großes und billiges Stück Fleisch oder Wurst auf dem Teller haben können. Darüber könnte ich unzählige grausame Geschichten vom Tod schreiben. In meinem Buch „Planet der Grausamkeiten" habe ich mich damit sehr intensiv beschäftigt und kann seither, besser spät als nie, keinen Bissen Fleisch, Wurst oder Fisch mehr zu mir nehmen. Meine Frau ebenso.

Tiere sind in unseren Augen keine Sache, wie sie rein rechtlich behandelt werden, denn Tiere haben Gefühle und Empfindungen, sie verspüren Zuneigung, Liebe, Angst und Schmerzen wie wir Menschen auch, und sie haben eine Seele, die nach meiner festen Überzeugung genau so unsterblich ist wie die menschliche Seele.

Wer weiß, vielleicht streicht Nicky jetzt gerade um die Beine von Petrus und meckert heftig, wenn er das Himmelstor laut auf und zu macht, oder sie sitzt dem lieben Gott auf dem Schoß und lässt sich von ihm streicheln.

Mag sein, dass ich mit meiner Überzeugung vom Leben nach dem Tod falsch liege, aber ich kann meine Existenz auf diesem Planeten der Grausamkeiten nur mit dieser Überzeugung ertragen, und ich freue mich schon jetzt darauf, alle zwei- und vierbeinigen Gefährten, die uns ein Stück unseres Lebens liebevoll begleitet haben, irgendwann, irgendwo und irgendwie wiederzusehen.

# ANHANG

Weitere Bücher des Autors zur Thematik

## Geh den Weg zu Ende

Verlag CreateSpace Independent Publishing Platform

Ein Mann lässt bei einem Spaziergang in trister No-
vemberatmosphäre sein bisheriges Leben Revue passie-
ren, dem er aufgrund von vielfältigen Problemen und
Belastungen nur wenig abgewinnen kann. Dabei wird
er von einem Auto erfasst und findet sich plötzlich im
Jenseits wieder. Seine phantastischen Erlebnisse in
einer völlig anderen Dimension lassen ihn sein Schicksal in einem völlig anderen Licht erscheinen.

**Jenseits in Eden**
Verlag Books on Demand GmbH

Ein Mann hat seinen gut bezahlten Job aufgrund von Alkohol- und Geldproblemen verloren. Zudem steht ihm ein Prozess wegen Korruption bevor, der seine berufliche Zukunft endgültig zu zerstören droht. Die Schuld an dieser tragischen Entwicklung gibt er seiner Frau, die ihn mit anderen Männern betrogen hat. Er beschließt, sich an ihr zu rächen und lauert ihr mit einem Wagen auf, um sie zu überfahren. Doch in letzter Sekunde reißt er das Steuer des Wagens herum, worauf dieser sich überschlägt und eine steile Böschung hinabstürzt. Was danach passiert, lässt sich mit Worten kaum beschreiben.

**Nebel auf dem Weg**
Verlag Books on Demand GmbH

Der ehemalige Architekt Christian Stein steckt seit Jahren in einer schweren Lebenskrise, ausgelöst durch den Tod seines Sohnes, der ihn völlig aus der Bahn warf und beruflich scheitern ließ. Zudem wurde seine Frau Opfer eines mysteriösen Verkehrsunfalls, an dem er sich mitschuldig fühlt. Auch der Kontakt zu seiner Tochter ist seit längerer Zeit abgebrochen. Verzweifelt sucht er nach einem Ausweg, um seiner Einsamkeit zu entrinnen. Bei einem Abendspaziergang führt ihn sein Weg an einer alten Fachwerkbrücke vorbei, die für ihn in Kindertagen Abenteuerspielplatz für waghalsige Kletterpartien und später heimlicher Treffpunkt mit seiner Jugendliebe war. Wehmütigen Erinnerungen an längst vergangene Zeiten folgend klettert er noch einmal die Brücke hinauf. Dies löst ein außergewöhnliches Erlebnis für ihn aus.

### Geisterpost
Verlag Books on Demand GmbH

Eine spannende Geschichte aus den fünfziger Jahren, zur Zeit der wirtschaftlichen Angliederung des Saarlandes an Frankreich.

Eine Frau in den mittleren Jahren kann nach dem Tod ihres Mannes von der kleinen Witwenrente alleine nicht leben. Seine Lebensversicherung, die er zu ihren Gunsten abgeschlossen hatte, wurde ein paar Jahre vor seinem Tod gekündigt, doch das ausgezahlte Geld ist spurlos verschwunden. Sie nimmt daher eine Arbeit in einem Waisenhaus an und schließt dort ein kleines Mädchen in ihr Herz. Doch haben ihre Bemühungen, das Kind bei sich zu Hause aufnehmen, auch Erfolg?

Auf unerklärliche Weise tauchen nach einiger Zeit Briefe ihres verstorbenen Mannes auf, in denen er ihr ein dunkles Geheimnis verrät. Die Briefe sind echt und wurden erst nach seinem Tod verfasst, aber kann der Geist eines Verstorbenen tatsächlich noch Briefe schreiben? Entsprechen seine Angaben auch der Wahrheit und von wem wurde ihr die Post übermittelt? Viele Fragen, auf die sie verzweifelt eine Antwort zu finden versucht.

**Planet der Grausamkeiten**

Verlag CreateSpace Independent

Ein Mann wird mitten in der Nacht aus dem Schlaf gerissen und von vermummten Gestalten verschleppt. In einer Art Gerichtssaal soll er sich für grauenvolle Massaker an Tieren in einem schier unermesslichen Ausmaß rechtfertigen, mit denen er jedoch nichts das Geringste zu tun hat, so glaubt er jedenfalls. Doch was er in dieser Nacht erfährt, lässt sein Weltbild heftig ins Wanken geraten.

**Josefs Hütte**

zum kostenlosen Download auf allen Buchportalen im Internet

Maria Behrmann, Leiterin der Forschungs- und Entwicklungsabteilung eines großen Unternehmens, gerät eines Tages in einem Park mit einem fremden Mann in Streit und ergreift, von seinem Benehmen völlig entnervt, schließlich die Flucht vor ihm. Doch am nächsten Abend steht der Fremde plötzlich vor ihrer Wohnungstür. Eine Begegnung, die ihr bisheriges Leben völlig verändern wird.

Wer gerne noch etwas mehr von mir lesen möchte, dem sei ein Besuch auf meiner Autorenseite bei Amazon empfohlen. Werfen Sie dort doch einfach mal einen Blick in meine Schmökerkiste, um zu erfahren, was ich sonst noch alles geschrieben habe. Zwei spannende Tatsachenromane, einige humorvolle Bücher, ein Kinderbuch und ein Gedichtband warten dort noch auf Sie. Lesen sie dort doch einfach mal rein.

https://www.amazon.de/Raimund-Eich/e/B004EBE93A/ref=sr_ntt_srch_lnk_1?qid=1506858139&sr=8-1